욕망이라는 이름의 전차

A Streetcar Named Desire

A STREETCAR NAMED DESIRE

by Tennessee Williams

세계문학전집 161

욕망이라는 이름의 전차

A Streetcar Named Desire

테네시 윌리엄스

김소임 옮김

민음사

차례

그래서 나는 사랑이라는 환상을 좇아
무너진 세상 안으로 들어왔는데,
그 목소리는 바람 속 순간에 불과하고(어디로 가는지도 모르겠고)
곧 절망스러운 선택만이 남는구나.

— 하트 크레인, 「무너진 탑」 중에서

1장

뉴올리언스 시의 '극락'이라고 불리는 거리 모퉁이에 있는 2층짜리 건물 외부. 이 거리는 L & N 철도와 강 사이에 있다. 빈민 구역이지만, 미국 다른 도시의 비슷한 지역과는 달리 자유분방한 매력이 있다. 집들은 낡아 빠진 외부 계단과 발코니, 묘하게 장식된 박공벽으로 되어 있는데 비바람으로 하얀 건물들이 회색으로 변했다. 이 건물은 위층과 아래층, 두 가구로 되어 있다. 두 집의 출입구가 빛바랜 흰색 계단으로 이어져 있다.

5월 초, 어둠이 깃드는 초저녁. 흐릿한 흰색 건물 주위의 하늘은 유달리 부드러운 청색으로, 거의 청록색에 가깝다. 이 빛깔은 이곳에 서정성을 드리우며 퇴락한 분위기를 기품 있게 희석한다. 강가 창고에서 희미하게 풍겨 오는 바나나, 커피 향과 함께 그 너머 갈색 강물의 훈기를 느낄 수 있을 것 같다. 길모퉁이 술집에서 흑인 악사가 연주하는 음악에서도 이와 비슷한 분위기가 풍긴다. 뉴올리언스 시의 이 지역에서는 길모퉁이를 돌거나 길 따라 몇 집만 지나도 흑인들이 신들린 솜씨로 연주하는 금속성 피아노 소리를 들을 수 있다. 이 「블루 피아노」라는 곡은 이곳의 삶의 정신을 드러낸다.

백인 여자와 흑인 여자가 건물 계단에 앉아서 바람을 쐬고 있다. 백인 여자는 2층에 사는 유니스이며 흑인은 이웃 사람이다. 뉴올리언스는 여러 인종이 모여 사는 도시이기 때문에 구시가에서는 다양한 인종들이 비교적 원만하게 교류한다.

「블루 피아노」 연주 너머로 거리를 지나는 사람들의 목소리가 들린다.

(스탠리 코왈스키와 미치, 두 남자가 모퉁이를 돌아 나온다. 스물여덟에서 서른 살 정도의 나이로 청색 진 작업복을 아무렇게나 걸치고 있다. 스탠리는 손에 볼링복 상의와 정육점에서 산, 핏물이 밴 꾸러미를 들고 있다. 둘은 층계 아래에서 멈춘다.)

스탠리 (소리를 지르며) 이봐, 거기! 스텔라, 여보!

(스텔라가 1층 층계참으로 나온다. 스물다섯 살 정도 되어 보이며 품위 있는 여성이다. 성장 배경이 남편과는 확연히 다르다.)

스텔라 (부드럽게) 그렇게 소리치지 마요. 안녕하세요, 미치.

스탠리 받아!

스텔라 뭘?

스탠리 고기!

(스탠리가 꾸러미를 스텔라에게 던진다. 스텔라는 소리 지르며 반항하다가 결국 꾸러미를 받고는 곧 숨넘어가게 웃는다. 스탠리와 미치는 벌써 모퉁이를 돌아간 뒤다.)

스텔라 (뒤에서 스탠리를 부른다.) 스탠리! 어디 가는 거야?

스탠리 볼링 치러!

스텔라 가서 구경해도 돼?

스탠리 어서 와. (퇴장한다.)

스텔라 금방 갈게. (백인 여자에게) 안녕, 유니스, 별일 없어요?

유니스 나야 별일 없지. 집에 먹을 게 없으니까 샌드위치 큰 거 하나 사 오라고 스티브한테 좀 말해 줘요.

(다 같이 웃는다. 흑인 여자는 웃음을 멈추지 않는다. 스텔라는 퇴장한다.)

흑인 여자 스탠리가 던진 게 무슨 꾸러미유? (더 크게 웃어 대며 층계에서 일어난다.)

유니스 쉿, 이제 그만해.

흑인 여자 뭘 받으라는 거냐고!

(흑인 여자는 계속해서 웃는다. 블랑시가 여행 가방을 들고 모퉁이를 돌아 나온다. 종이쪽지를 보고 집을 한 번 쳐다보고, 다시 종이쪽지를 보고 집을 한 번 쳐다본다. 충격을 받은 듯 도저히 믿지 못하겠다는 표정이다. 블랑시의 모습은 주변 환경과 어울리지 않는다. 앞부분에 털이 달린 흰 정장을 입고, 진주 목걸이와 귀걸이, 흰 장갑과 모자로 우아하게 차린 모습이 마치 교외 주택가에서 열리는 여름철 다과회나 칵테일파티에 온 것 같다. 나이는 스텔라보다 다섯 살 정도 더 많아 보인다. 그 섬세한 아름다움은 강렬한 햇빛을 피해야 한다. 하얀 의상과 불안정한 태도에는 나방을 연상시키는 무언가가 있다.)

유니스 (마침내) 무슨 일이죠? 길을 잃었나요?

블랑시 (약간 신경질적으로) 사람들이 욕망이라는 이름의 전차를 타고 가다가 묘지라는 전차로 갈아타서 여섯 블록이 지난 다음, 극락이라는 곳에서 내리라고 하더군요.

유니스 여기가 거기예요.

블랑시 극락이라고요?

유니스 여기가 바로 극락이에요.

블랑시 그 사람들이, 내가 찾는 주소를 잘못 안 게 분명해요…….

유니스 찾는 주소가 어딘데요?

(블랑시가 기운 없이 종이쪽지를 바라본다.)

블랑시 632번지예요.

유니스 더 찾을 것도 없어요.

블랑시 (이해 못 하겠다는 듯이) 나는 내 동생, 스텔라 두보아를 찾고 있어요. 스탠리 코왈스키 부인 말이에요.

유니스 그 사람들 맞아요. 그런데 스텔라는 금방 나갔는데.

블랑시 설마, 여기가 개네 집이란 말인가요?

유니스 스텔라는 아래층에 살고 나는 위층에 살아요.

블랑시 아, 네. 그 애가 나갔다고요?

유니스 저 모퉁이 돌아서 볼링장 봤죠?

블랑시 봤는지 잘 모르겠어요.

유니스 남편 볼링 치는 거 구경하러 거기 가 있다우. (사이) 가방은 여기 두고, 가서 찾아볼래요?

블랑시 아니요.

흑인 여자 내가 가서 언니가 왔다고 전할게요.

블랑시 고마워요.

흑인 여자 뭘요. (퇴장한다.)

유니스 언니가 오는 걸 모르나요?

블랑시 몰라요. 아니, 오늘 밤인 건 모르죠.

유니스 들어가서 그 사람들 올 때까지 좀 쉬지 그래요.

블랑시 어떻게 그럴 수 있겠어요?

유니스 우리가 이 집 주인이에요. 들어가게 해 줄게요.

(유니스가 일어서서 아래층 문을 연다. 블라인드 뒤로 불빛이 비치며 하늘색 빛을 띤다. 블랑시는 유니스를 따라 천천히 아래층으로 들어간다. 실내에 불이 들어오고 주변은 어두워진다.)

(방이 두 개 보이는데 분명하게 구분되어 있지 않다. 주로 부엌으로 쓰는 첫 번째 방에 블랑시가 쓸 접이식 침대가 놓여 있다. 그 너머 방은 침실이다. 이 방 한쪽에는 화장실로 통하는 좁은 문이 있다.)

유니스 (블랑시의 표정을 알아차리고는 변명하듯) 지금은 좀 지저분한데 깨끗이 치우고 나면 정말 괜찮아요.

블랑시 그래요?

유니스 그렇다니까요. 그러니까 스텔라 언니인 거죠?

블랑시 그래요. (유니스가 가기를 바라며) 들어오게 해 줘서 고마워요.

유니스 포르 나다, 멕시코 말로 천만에요! 스텔라가 언니 얘길 했어요.

블랑시 네?

유니스 학교 선생님이라고 하더군요.

블랑시 네.

유니스 미시시피에서 왔죠?

블랑시 네.

유니스 스텔라가 고향 집, 그 농장 사진을 보여 줬어요.

블랑시 벨 리브요?

유니스 하얀 기둥이 있는 그 커다란 저택 말이에요.

블랑시　네…….

유니스　그렇게 큰 집은 유지하기가 힘들겠어요.

블랑시　괜찮으시면, 저는 피곤해서 쓰러질 것 같아요.

유니스　그래요. 좀 앉지 그래요.

블랑시　제 말은 혼자 있고 싶단 뜻이에요.

유니스　(기분이 상해서) 나가 드리죠.

블랑시　무례하게 굴려던 건 아니었어요, 다만…….

유니스　볼링장에 가서 동생을 빨리 데려올게요. (문을 열고 나간다.)

(블랑시는 몹시 추운 것처럼 어깨를 약간 구부리고 다리를 꼭 붙이고 가방을 손으로 꽉 부여잡은 채 뻣뻣하게 앉아 있다. 잠시 뒤, 눈에서 멍한 기가 사라지더니 주변을 둘러보기 시작한다. 고양이 한 마리가 날카롭게 울자 블랑시는 놀란 몸짓으로 숨을 헐떡인다. 별안간 반쯤 열린 찬장 안에서 무언가를 발견한다. 벌떡 일어나서 찬장으로 다가가 위스키 병을 꺼낸다. 큰 컵에 반쯤 따라서 단숨에 들이켠다. 조심스럽게 병을 제자리에 갖다 놓은 다음 싱크대에서 컵을 씻는다. 탁자에 가서 다시 앉는다.)

블랑시　(힘없이 혼잣말로) 기운을 차려야지!

(스텔라가 서둘러 건물 모퉁이를 돌아 아랫집 문을 향해 달려온다.)

스텔라　(반가워하며 부른다.) 언니!

(둘은 잠깐 동안 서로 빤히 바라본다. 곧 블랑시가 벌떡 일어나 흥분해서 소리를 지르며 스텔라에게 달려간다.)

블랑시 스텔라, 아, 스텔라, 스텔라! 별처럼 아름다운 스텔라!

(블랑시는 둘 중 하나라도 멈춰서 생각을 하는 게 두려운 듯, 흥분한 상태에서 쾌활하게 말을 시작한다. 두 사람은 서로 격정적으로 껴안는다.)

블랑시 자, 얼굴 좀 보자. 아니, 스텔라, 바라보지 마, 아니, 아니, 나중에, 나중에 목욕하고 좀 쉬고 나면! 저 위 불 좀 꺼라! 저 불을 꺼! 저 무자비한 불빛 아래서 날 보일 수는 없지! (스텔라는 웃으면서 그 말대로 한다.) 이제 이리로 와 봐! 아, 내 동생! 스텔라, 별을 닮은 스텔라! (블랑시는 스텔라를 다시 껴안는다.) 난 네가 이 끔찍한 곳으로 다시 돌아오지 않을 줄 알았어! 내가 무슨 말을 하는 거지? 이런 말을 하려던 건 아니었는데. 좋은 말을 하려고 했는데, 음, 참 편리한 위치에 있구나 뭐 이런 말 말이지, 하 하 하! 소중한 내 동생! 넌 말을 한 마디도 안 하는구나.

스텔라 언니가 말할 기회를 줘야 말이지! (웃지만 블랑시를 바라보는 눈빛에는 근심이 조금 어려 있다.)

블랑시 자, 말해 봐. 내가 술을 찾는 동안 그 예쁜 입을 벌려 이야기를 해 주렴! 어딘가에 술이 있을 텐데 말이야! 어디 있을까? 아, 찾았다, 찾았어!

(찬장으로 달려가 병을 꺼내 온다. 웃으려고 하지만 몸이 떨리고 숨을 헐떡인다. 병이 손에서 떨어질 뻔한다.)

스텔라 (알아차리고는) 언니, 앉으면 내가 따라 줄게. 뭘 섞어서 마셔야 할지 모르겠네. 냉장고 안에 콜라가 있을 거야. 가서 좀 볼래, 언니, 내가…….

블랑시 오늘 밤은 신경이 너무 예민해서 콜라는 안 되겠어! 어디…… 어디…… 어디 있니?

스텔라 스탠리? 볼링 치러 갔어! 볼링을 좋아해. 여럿이서 시합을…… 소다수가 있네! 한다나 봐…….

블랑시 물이면 돼, 입가심으로 마시게! 네 언니가 술주정꾼이라도 됐나 걱정하지 마. 그저 떨리고 덥고 지치고 더러운 것뿐이야! 이제 앉아서 집 좀 소개해 봐! 도대체 이런 집에서 뭐 하고 있는 거니?

스텔라 저, 언니…….

블랑시 위선을 떨고 싶지는 않아. 솔직하게 말할게! 최악의 악몽 속에서도 결코, 결코, 결코 그려 본 적이 없는, 그래, 포만이! 오직 에드거 앨런 포만이 제대로 묘사할 수 있을 거야. 저 밖에는 시체를 뜯어 먹는 귀신들이 나오는 위어의 숲이 있을 거고!

(웃어 댄다.)

스텔라 아니, 언니, 저건 L & N 기찻길이야.

블랑시 아니, 이제 농담은 집어치우고, 진지하게 말하자. 너 왜 말하지 않았니, 왜 편지 쓰지 않았어, 왜 나한테 알려 주지 않았느냐고?

스텔라 (조심스럽게 자신의 잔을 채우면서) 뭘 말이야?

블랑시 네가 이 지경으로 살아야 했다는 것 말이야!

스텔라 언니 너무 지나친 것 아니야? 여기 그렇게 나쁘지 않아! 뉴올리언스는 다른 도시랑은 다르다고.

블랑시 이건 뉴올리언스랑은 상관이 없어. 말해 보라니까. 미안해, 스텔라! (갑자기 말을 끊는다.) 이 얘기는 그만하자!

스텔라 (약간 냉정하게) 고마워.

(잠시 침묵이 흐르며 블랑시가 스텔라를 뚫어지게 바라본다. 스텔라는 블랑시를 보면서 웃는다.)

블랑시 (자기 술잔을 내려다본다. 손에 든 술잔이 떨린다.) 넌 내 전부야. 그런데도 나를 반가워하지 않는구나!

스텔라 (진심으로) 언니, 그런 게 아니란 거 알면서 그래.

블랑시 아니라고? 네가 얼마나 말이 없는 애였는지 잊고 있었구나.

스텔라 언니가 말할 기회를 안 줬잖아. 언니 곁에 있으면 입을 다무는 버릇이 생긴 것뿐이야.

블랑시 (멍하니) 좋은 버릇이지……. (갑작스럽게) 내가 어떻게 봄 학기도 끝나기 전에 학교에서 빠져나왔는지 물어보지도 않는구나.

스텔라 언니가 말해 주고 싶으면…… 알아서 알려 줄 거라고 생각했어.

블랑시 내가 해고당했다고 생각했니?

스텔라 아니, 사표를 냈나 보다 했지…….

블랑시 너무 힘든 일을 겪어서 완전히 지쳐 버렸어. 신경쇠약이 되어 버렸다니까. (신경질적으로 담배를 눌러 뭉개며) 거의 정신이상이 될 지경이었다니까! 그래서 그레이브 씨가, 교장 선생님 말이야, 휴가를 내라고 그분이 권하시더라. 자세한 내용을 전보에 다 담을 수가 없었어……. (재빨리 술을 들이켠다.) 아, 술기운이 바로 오르면서 기분이 좋아지는데!

스텔라 한 잔 더 할래?

블랑시 아니, 난 한 잔 이상 안 마셔.

스텔라 정말이야?

블랑시 내 모습에 대해선 한마디도 안 하는구나.

스텔라 좋아 보여.

블랑시 거짓말도 잘하네! 햇빛에서 보면 완전히 할망구라니까! 너는, 너는 살이 좀 쪘구나. 자고새처럼 통통하네. 살찐 게 더 어울려!

스텔라 참, 언니는…….

블랑시 그래, 그렇다니까. 아니면 이런 말 안 하지! 엉덩이는 더 찌지 않게 조심해야겠어. 일어서 봐.

스텔라 지금은 싫어.

블랑시 내 말 안 들리니? 일어나 보라니까! (스텔라는 마지못해 일어선다.) 칠칠치 못한 아가씨야. 예쁜 흰 레이스 깃에 뭘 흘렸구나! 네 머리 모양은, 그래 우아한 용모에 어울리게 부풀린 모양으로 짧게 잘라야겠다. 스텔라, 집에 하녀는 있지?

스텔라 없어. 방도 두 개밖에 없는데 그게…….

블랑시 뭐? 방이 두 개라고 했니?

스텔라 이 방이랑……. (무안해한다.)

블랑시 저 방 말이야? (날카롭게 웃는다. 당혹스러운 침묵이 흐른다.)

한 모금만 더 마실게. 말하자면 끝내는 의미로……. 병은 치워 버려야 더 유혹 안 받겠지. (일어선다.) 내 몸매 좀 봐! (한 바퀴 돈다.) 스텔라, 나 십 년 동안 몸무게가 하나도 안 늘었어. 네가 벨 리브를 떠난 그 여름 그때 그대로야. 아버지가 돌아가시고 네가 우리를 떠나 버린 그 여름 말이야…….

스텔라 (약간 지친 투로) 언니, 정말로 멋져 보여. 믿을 수 없을 정도야.

블랑시 (둘 다 어색하게 웃는다.) 그런데 스텔라, 방이 두 개밖에 없는데, 나를 어디다 재울지 모르겠구나!

스텔라 여기서 자면 될 거야.

블랑시　무슨 침대가 이러니, 접는 침대니?

(그 위에 앉아 본다.)

스텔라　감촉이 괜찮아?

블랑시　(모호하게) 좋은데. 너무 푹신한 침대는 안 좋더라. 그런데 방 사이에 문이 없네. 스탠리가 있는데…… 괜찮겠니?

스텔라　스탠리는 폴란드 사람이야, 알지?

블랑시　아, 그래. 아일랜드 사람과 비슷하지, 그렇지?

스텔라　글쎄…….

블랑시　그렇게 교양인은 아니란 말이지? (둘이 똑같이 웃는다.) 네 멋진 친구들을 만날 때 입으려고 좋은 옷들을 가져왔어.

스텔라　그 사람들 언니가 보기에는 별로일 텐데.

블랑시　어떤 사람들인데 그래?

스텔라　스탠리 친구들이야.

블랑시　폴란드 사람들이니?

스텔라　섞여 있어, 언니.

블랑시　서로 다른…… 유형이?

스텔라　응, 그래. 맞아, 유형이란 말이 맞아!

블랑시　어쨌거나, 나는 좋은 옷들을 가져왔어. 이 옷들을 입을 거야. 넌 내가 호텔에 머물겠다고 말하길 바라겠지만, 호텔에는 안 갈 거야. 네 곁에 있고 싶어. 누군가의 옆에 있어야 해. 혼자서는 안 돼! 왜냐면, 너도 느꼈겠지만, 건강이, 좋지 않아……. (목소리가 낮아지면서 겁에 질린 표정이 된다.)

스텔라 신경과민이거나 너무 긴장했거나, 뭐 그런 것처럼 보여.

블랑시 스탠리가 나를 좋아할까, 아니면 그저 귀찮은 친척 꼴이 되는 거니? 그건 못 견디겠어.

스텔라 둘이 잘 지낼 거야. 언니가, 저…… 스탠리를 고향에서 만나던 남자들과 비교만 하지 않는다면 말이야.

블랑시 그렇게 다르단 말이야?

스텔라 그래. 다른 종자야.

블랑시 어떻게 달라? 그 사람이 어떤데?

스텔라 사랑하는 사람을 어떻게 말로 설명해! 여기 그 사람 사진이 있어! (사진을 블랑시에게 건넨다.)

블랑시 장교니?

스텔라 공병단의 특무상사였어. 저것들은 다 훈장이고!

블랑시 처음 만났을 때 저걸 달고 있었니?

스텔라 저런 쇠붙이에 눈이 멀었던 건 분명 아니었어.

블랑시 그런 말을 하려던 건 아니야…….

스텔라 물론 나중에 내가 적응해야 할 것들이 있었지.

블랑시 입대하기 전에 살아온 경력 같은 거 말이지! (스텔라는 모호하게 웃는다.) 내가 온다니까 뭐라고 하던?

스텔라 스탠리는 아직 몰라.

블랑시 (놀라면서) 너, 아직 말 안 했단 말이야?

스텔라 워낙 많이 돌아다니거든.

블랑시 아. 여행 말이야?

스텔라 응.

블랑시 좋구나. 내 말은…… 안 그래?

스텔라 (거의 혼잣말처럼) 하룻밤이라도 떨어져 있으면 못 견디겠어…….

블랑시 아니, 스텔라!

스텔라 일주일만 떨어져 있어도 미칠 것 같아!

블랑시 맙소사!

스텔라 돌아오면 애기처럼 그이 무릎에 엎드려 운다니까……. (혼자 웃는다.)

블랑시 그게 사랑에 빠졌다는 거겠지……. (스텔라가 환하게 웃으며 올려다본다.) 스텔라…….

스텔라 뭐?

블랑시 (불안하게 서두르며) 내가 물어보겠거니 하고 네가 생각했을 것들, 난 묻지 않았어. 그러니까 내가 너한테 하려는 말에 대해서 이해해 줬으면 좋겠어.

스텔라 뭔데, 언니? (걱정스러운 얼굴이 된다.)

블랑시 스텔라. 너 나를 비난하려는 거지, 네가 나를 비난하려는 거 알아……. 하지만 욕하기 전에 이걸 생각해 봐……. 너는 떠나 버렸다는 걸! 나는 남아서 고생, 고생했다고! 너는 뉴올리언스로 와서 네 살 길을 찾았지! 나는 벨 리브에 남아서 그곳을 지켜 보겠다고 애썼어! 널 나무라려는 건 아니야. 하지만 모든 짐을 내가 지고 말았지.

스텔라 내가 할 수 있는 최선은 혼자 살아 나가는 거였어, 언니.

(블랑시가 심하게 몸을 떨기 시작한다.)

블랑시 알아, 안다고. 하지만 벨 리브를 버린 건 너야. 내가 아니야! 나는 남아서 그걸 지켜보겠다고 싸우고 피 흘리고 거의 죽을 뻔했다고!

스텔라 그렇게 감정적으로 말하지 말고 무슨 일이 있었는지 말을 해 봐. 싸우고 피를 흘렸다니 무슨 말이야? 무슨 일인데…….

블랑시 이럴 줄 알았어, 스텔라. 네가 이런 식으로 나올 줄 알았다고!

스텔라 뭘 말이야? 제발 좀!

블랑시 (천천히) 잃어버렸어, 잃었다고…….

스텔라 벨 리브를? 잃었다고? 그런 거야? 아니지!

블랑시 맞아, 스텔라.

(노란색 체크무늬의 리놀륨을 깐 탁자 사이로 두 자매는 서로 바라본다. 블랑시는 천천히 고개를 끄덕이고, 스텔라는 천천히 탁자 위에 놓인 자기 손을 내려다본다. 「블루 피아노」 소리가 점점 커진다. 블랑시가 손수건을 앞이마에 댄다.)

스텔라 어쩌다가 잃어버렸어? 무슨 일이 있었던 거야?

블랑시 (벌떡 일어나면서) 어떻게 잃어버렸냐고 묻다니 너 참 잘났구나!

스텔라 언니!

블랑시 거기 앉아서 나를 비난하고 참 잘났어.

스텔라 블랑시!

블랑시 나는, 나는, 나는 온몸으로 고통을 겪었다니까! 그 모든 죽음들! 무덤까지 길게 늘어선 죽음의 행렬! 아버지, 어머니! 끔찍하게 죽은 마거릿까지! 너무 부풀어서 관 속에 들어가지도 못했어! 쓰레기처럼 태워 버려야만 했지. 스텔라, 너는 장례식 때만 집에 왔잖아. 죽음에 비하면 장례식은 아름다워. 조용하지. 하지만 죽음은…… 그런 게 아니야. 거친 숨소리에, 때론 커렁커렁 소리를 내기도 하지. 간혹 가다는 "죽기 싫어!"라고 소리도 지른단다. 늙은이들까지도, 때로는 "죽기 싫단 말이야."라고 하지. 마치 살려 줄 수 있을 것처럼 말이야! 하지만 장례식은 예쁜 꽃에 둘러싸여 고요해. 죽은 사람을 넣는 관은 또 얼마나 멋들어지니! 침대 옆에서 "살려 줘!" 하는 소리를 들어 보지 못했다면, 숨을 몰아쉬고 피를 흘리면서 몸부림치는 건 생각도 못 할 거야. 넌 꿈도 꾸지 못하겠지만 나는 봤다고! 봤어! 보았다니까! 그런데 너는 거기 앉아서 내가 농장을 놓쳐 버렸다는 눈빛으로 나무라는구나! 너, 아플 때와 죽을 때 드는 비용은 어떻게 댔다고 생각하니? 죽는다는 거, 돈이 많이 들어요, 스텔라 아가씨! 마거릿이 죽자 곧 이어 늙은 사촌 제시가 죽었지. 죽음의 신이 우리 집 앞에 텐트를 쳤다니까! ……스텔라, 벨 리브가 죽음의 본부가 됐어! 얘야, 그렇게 해서 벨리브를 잃게 된 거야! 죽은 사람 중 누가 우리한테 재산을 남겨 주었니? 보험금 한 푼이라도 남겨 준 사람이 있냐고? 불쌍한 제시가 자기 관값으로 100달러 남겨 놓았더군. 그게 다야, 스텔라! 나는 학교에서 쥐꼬리만 한 월급이나 받는 처지고. 그래, 나를 욕해라! 거기 앉아서 고향 집을 잃어버렸다며 나를 뚫어지게 노려보라고! 내가 잃어버렸다고? 어디 있었는데, 넌? 폴란드 놈과 침대 속에 있었으면서!

스텔라 (벌떡 일어나며) 언니! 조용히 해! 그걸로 됐어! (나가려고 한다.)

블랑시 어디 가는 거니?

스텔라 화장실에 가서 세수 좀 하려고.

블랑시 스텔라, 스텔라, 너 울고 있구나!

스텔라 놀랄 일이야?

블랑시 용서해, 그러려는 건 아니었어…….

(남자들 목소리가 들린다. 스텔라는 화장실로 들어가서 문을 닫

는다. 남자들이 나타나자 블랑시는 스탠리가 돌아온 것을 알고 걱정스레 현관문을 바라보면서, 화장실 문 앞에서 화장대 쪽으로 불안하게 움직인다. 스탠리가 등장하고, 스티브와 미치가 뒤를 따른다. 스탠리는 자기 집 앞에, 스티브는 나선형 계단 맨 아래에 서 있다. 미치는 그들보다 약간 뒤편 우측에 서 있는데 곧 퇴장하려고 한다. 남자들이 등장하자 다음과 같은 대화가 들린다.)

스탠리 그렇게 해서 땄다는 거야?

스티브 그래, 그렇게 해서 땄다는 거야. 여섯 자리 숫자가 들어 있는 티켓을 사서 300달러나 대박이 났다니까.

미치 그런 얘기 해 주지 마. 진짜로 믿는다니까.

(미치가 나가려 한다.)

스탠리 (미치를 말리며) 이봐, 미치. 이리 와.

(블랑시는 목소리를 듣고, 침실로 물러난다. 화장대에 놓인 스탠리의 사진을 들고 들여다보다 내려놓는다. 스탠리가 집 안으로 들어오자 침대 머리맡에 있는 칸막이 뒤로 달려가 숨는다.)

스티브 (스탠리와 미치에게) 이봐, 우리 내일 포커 치는 거야?

스탠리 물론이야, 미치네 집에서.

미치 (그 말을 듣자 계단 난간 쪽으로 재빨리 돌아온다.) 아니, 우리 집에서는 안 돼. 어머니가 아직도 편찮으셔!

스탠리　좋아, 그럼 우리 집에서 하지……. (미치가 다시 퇴장하려고 한다.) 하지만 맥주는 가져와야 돼!

(미치는 못 들은 척하며 "다들 잘 있어."라고 소리치고는 노래를 부르면서 퇴장한다.)

유니스　(2층에서) 이제 그만들 헤어져요! 스파게티 만들었는데 혼자 다 먹어 버렸네.

스티브　(2층으로 올라가면서) 내가 말했잖아. 게임하고 있다고, 전화도 했잖아. (남자들에게) 맥주는 잭스지!

유니스　전화한 적 없어.

스티브　아침 먹으면서 얘기했고, 점심 때 전화했잖아…….

유니스　관둡시다. 집에나 들어와요.

스티브　신문에라도 나오면 좋겠어?

(남자들의 웃음소리와 이들이 헤어지며 나누는 인사 소리가 더 요란해진다. 스탠리가 부엌의 휘장을 열어젖히고 들어온다. 175센티미터 정도 되는 중키에 강건하고 단단한 체격이다. 모든 동작과 태도에 동물적인 쾌락이 배어 있다. 청년기에 들어서면서부터 스탠리에게는 삶의 중심이 여자와 나누는 쾌락이었다. 의존적이며 유약한 탐닉이 아니라 암탉에 둘러싸인 화려한 깃털을 가진 수탉이 지닌 힘과 자존심으로 쾌락을 주고받는다. 남자들과 서슴없이 어울리기, 거친 유머를 즐기기, 술, 음식, 오락, 자동차, 라디오, 화려한 종마 같은 상징성을 가진 것들을 다 좋아하는 것도 모두 이 완벽하고 만족스

러운 중심부에서 비롯한 것이다. 여자를 보면 첫눈에 성적 매력으로 등급을 매기며, 야한 이미지가 마음속에서 번뜩여 여자들에게 어떤 미소를 보낼지 결정한다.)

블랑시 (스탠리의 눈길에 자기도 모르게 뒤로 물러서며) 스탠리군요. 나는 블랑시예요.

스탠리 스텔라 언니죠?

블랑시 그래요.

스탠리 안녕하세요. 우리 조그만 아가씨는 어디 있죠?

블랑시 화장실에요.

스탠리 오는 걸 몰랐네요.

블랑시 나는…… 저…….

스탠리 어디서 왔죠, 처형?

블랑시 아, 나는 로렐에 살아요.

(스탠리는 벽장으로 다가가 위스키 병을 꺼낸다.)

스탠리 로렐이요, 네? 아, 그래, 그래, 로렐, 맞아요. 거긴 내 구역이 아니죠. 날씨가 더우니까 술이 빨리 없어지는군. (술병을 불빛에 비치며 얼마나 줄었나 살펴본다.) 술 한잔 할래요?

블랑시 아니, 난…… 거의 안 건드려요.

스탠리 사람이 술을 안 건드려도 술이 사람을 가만두지 않죠.

블랑시 (힘없이) 하하.

스탠리 땀에 젖어 옷이 달라붙네요. 좀 벗어도 되겠죠? (셔츠를 벗기 시작한다.)

블랑시 그러세요.

스탠리 편하게 살자가 내 좌우명이에요.

블랑시 나도 그래요. 늘 산뜻하게 보이긴 어려워요. 난 아직 씻지도 못하고 얼굴에 분칠도 못했는데, 오셨군요!

스탠리 젖은 옷을 입고 앉아 있으면 감기 들기 쉽죠. 특히 볼링같이 격렬한 운동을 하고 난 다음엔 말이죠. 처형은 선생이죠, 그렇죠?

블랑시 맞아요.

스탠리 뭘 가르치죠?

블랑시 영어요.

스탠리 난 학생 때 영어 성적이 안 좋았어요. 얼마나 있을 건가요?

블랑시 아직 잘 모르겠네요.

스탠리 이곳에서 머물 건가요?

블랑시 두 사람만 불편하지 않다면 그러려고 하는데요.

스탠리 좋아요.

블랑시 여행을 했더니 피곤하군요.

스탠리 그럼, 편히 쉬어요.

(고양이가 창문 옆에서 날카롭게 울어 댄다. 블랑시는 놀라서 펄

쩍 뛴다.)

블랑시 저게 뭐죠?

스탠리 고양이요……. 이봐, 스텔라!

스텔라 (화장실에서 힘없이) 네, 스탠리.

스탠리 거기 빠진 건 아니겠지? (블랑시를 보면서 히죽 웃는다. 블랑시도 따라 웃으려고 하지만 웃음이 나오지 않는다. 침묵이 흐른다.) 세련되지 못한 놈이라 좀 놀랐을 거예요. 스텔라가 처형 얘기를 많이 했어요. 한 번 결혼한 적이 있다면서요, 그렇죠?

(멀리서 작게 폴카 음악이 들리기 시작한다.)

블랑시 그래요. 아주 어릴 때였죠.

스탠리 무슨 일이 있었죠?

블랑시 그 남자가, 남자가 죽었어요. (뒤로 주저앉는다.) 메슥거리는 게 속이 안 좋아요!

(머리를 팔에 묻는다.)

2장

다음 날 저녁 6시. 블랑시가 목욕을 하고 있다. 스텔라는 화장을 마무리하고 있다. 블랑시의 꽃무늬 드레스가 스텔라의 침대 위에 놓여 있다.

스탠리가 밖에서 부엌으로 들어온다. 들어오면서 문을 닫지 않아, 늘 들리는 「블루 피아노」 소리가 길모퉁이에서 들려온다.

스탠리 이거 도대체 무슨 소란이야?

스텔라 아, 여보! (튀어 일어나서 남편에게 입을 맞춘다. 스탠리는 당당하게 키스를 받는다.) 언니와 갈라토와 식당에서 저녁 먹고 공연 보러 가려고. 당신은 오늘 포커 치는 날이잖아.

스탠리 내 저녁은 어떡하고, 응? 난 밥 먹으러 갈라토와에 못 간다고!

스텔라 냉장고에 찬 음식을 넣어 놓을게.

스탠리 그것 참 훌륭하군!

스텔라 포커 판이 끝날 때까지 언니랑 밖에 있으려고 해. 언니가 어떻게 생각할지 몰라서. 오는 길에 프렌치 쿼터에 있는 작은 가게라도 들르려고 하니까 돈 좀 줘요.

스탠리 언니는 어디 있어?

스텔라 신경을 가라앉히려고 뜨거운 물에 들어가 있어. 속이 많이 상해 있거든.

스탠리 뭐 때문에?

스텔라 언니가 큰 어려움을 겪었더라고.

스탠리 그래?

스텔라 여보, 우리, 벨 리브를 잃어버렸어!

스탠리 시골에 있는 집 말이야?

스텔라 응.

스탠리 어쩌다가?

스텔라 (자신 없이) 음, 어쩌다가 그게 넘어가게 되었나 봐. (스탠리가 생각에 잠긴 동안 잠시 침묵이 흐른다. 스텔라는 드레스로 갈아입는다.) 언니가 이리 나오면 멋지다고 칭찬 좀 해 줘요. 그리고 참! 임신한 것은 말하지 마. 아직 말 못 했어. 언니가 좀 진정될 때까지 기다릴 거야.

스탠리 (험악하게) 그래서?

스텔라　언니를 이해하고 좀 친절하게 대해 줘, 여보.

블랑시　(화장실 안에서 노래를 부른다.)

"하늘빛 물이 있는 곳에서, 그자들은 처녀를 잡아 왔다네!"

스텔라　언니는 우리 집이 이렇게 작은 줄 몰랐어. 편지 쓸 때 내가 좀 부풀렸거든.

스탠리　그래서?

스텔라　언니 옷 좀 칭찬해 주고 멋져 보인다고 말해 줘. 언니한테는 그게 중요해. 언니의 약점이기도 하고!

스탠리　그래, 알아들었어. 자, 이제 시골 땅을 잃었다는 말이나 다시 해 보지.

스텔라　아! 그래…….

스탠리　어떻게 된 거야? 자세히 좀 알자고.

스텔라　언니가 진정할 때까지는 얘기 안 하는 게 좋을 것 같아.

스탠리　그래 그렇게 하기로 했나? 지금 처형께서는 사업상 상세한 문제로는 골치 썩일 수 없다 이거지!

스텔라　언니가 어떤지 어젯밤에 봤잖아.

스탠리　으음. 어떤지 봤지. 그러니 이제는 매도 증서나 좀 보자고.

스텔라　난 아무것도 못 봤어.

스탠리　언니가 서류나 판매 증서나 그런 걸 하나도 보여 주지 않았단 말이야, 어?

스텔라　판 게 아닌 것 같아.

스탠리 그럼 도대체 뭐야, 남한테 거저 줬나? 자선 단체에다가?

스텔라 쉿! 언니가 듣겠어.

스탠리 듣거나 말거나. 서류나 보자고!

스텔라 서류는 없어. 언니가 서류는 하나도 안 보여 줬어. 난 서류에는 관심 없어.

스탠리 당신 나폴레옹 법전이라고 들어 봤어?

스텔라 아니, 스탠리. 나폴레옹 법전이란 말 못 들어 봤어. 들었다고 해도 무슨 말인지 몰라…….

스탠리 내 당신에게 한두 가지 가르쳐 주지.

스텔라 응?

스탠리 루이지애나주에는 나폴레옹 법전이라는 게 있는데, 여기에 따르면 마누라의 소유물은 남편의 것이기도 하다 이거야. 그 반대의 경우도 마찬가지고. 예를 들어서 내가 땅을 가지고 있거나 당신이 땅을 가지고 있다고 하면…….

스텔라 머리가 복잡해!

스탠리 알았어. 처형이 뜨거운 욕조에 푹 잠겼다 나올 때까지 기다려 주지. 그러고 나서 나폴레옹 법전이란 걸 들어 봤는지 물어볼 거야. 우리 여보야께서 사기당한 것처럼 보여요. 나폴레옹 법전에 의하면 당신이 사기당하면, 나도 사기당한 거거든. 그리고 나는 사기당하기 싫다고.

스텔라 언니한테 물어볼 시간은 나중에도 얼마든지 있

어. 지금 물어보면 언니는 다시 무너져 버릴 거야. 벨 리브가 어떻게 되었는지는 모르지만 언니나 나나 우리 식구 중 누구라도 다른 사람에게 사기 친 거라고 생각한다면, 당신 정말 바보 같은 사람이야.

스탠리 땅을 팔았다면 돈은 어디로 간 거야?

스텔라 판 게 아니라 잃었다고, 잃어버렸다니까!

(스탠리가 침실로 슬금슬금 들어가자 스텔라는 뒤를 쫓아간다.)

스탠리!

(방 한가운데 놓인 옷 가방을 열어젖히고 드레스를 한 아름 꺼내 든다.)

스탠리 눈을 똑바로 뜨고 이것들 좀 보라고! 교사 월급으로 이런 걸 살 수 있다고 생각해?

스텔라 조용히 해!

스탠리 멋 부리려고 가져온 이 깃털과 모피 좀 봐! 여기 이건 뭐야? 황금 드레스군그래! 그리고 이거 좀 봐! 여기 이건 또 뭐야? 여우 모피잖아! (거기다 입김을 불어 댄다.) 진짜 여우 털이구나, 1킬로미터는 되겠는걸! 스텔라, 당신 여우 털은 어디 있지? 복슬거리는 흰색 모피 바로 그거 말이야! 흰색 여우 모피는 어디 있느냐고?

스텔라 그것들은 언니가 옛날부터 갖고 있던 싸구려 여름용 모피예요.

스탠리 이런 물건을 취급하는 사람을 내가 알거든. 감정하러 좀 오라고 해야겠다. 내 장담하지만 이걸 사는 데 몇 천 달러는 들었을 거야!

스텔라 바보같이 굴지 마, 스탠리!

(모피를 간이침대에 집어던진다. 가방의 작은 서랍들을 열어젖히더니 모조 보석을 한 움큼 끄집어낸다.)

스탠리 이게 다 뭐야? 해적의 보물 상자인가 본데!

스텔라 스탠리!

스탠리 진주 봐라! 긴 목걸이야. 당신 언니는 뭐 하는 사람이야? 깊은 바다 잠수부라도 되나? 금팔찌도 있네. 당신 진주랑 금팔찌는 어디 있어?

스텔라 쉬! 조용히 해, 스탠리!

스탠리 다이아몬드도 있네! 여왕 마마가 쓰는 왕관이로군!

스텔라 언니가 가장무도회에 쓰고 갔던 라인스톤 왕관이야.

스탠리 라인스톤이 뭐야?

스텔라 유리 같은 거야.

스탠리 농담해? 보석상에서 일하는 친구가 있어. 이거 감정하러 오라고 해야겠다. 이게 바로 당신 농장이군. 아니, 팔아먹고 남은 게 여기 있군!

스텔라 당신이 얼마나 어리석고 밉상으로 구는지 모르지! 언니가 화장실에서 나오기 전에 저 가방이나 닫아요!

(가방을 발로 차서 반쯤 닫고는 부엌 식탁에 가 앉는다.)

스탠리 코왈스키와 두보아 집안은 생각이 달라.

스텔라 (화가 나서) 진짜 그래, 천만 다행이야! 나는 밖에 나가 있을래. (스텔라는 하얀 모자와 장갑을 덥석 집어 들고 바깥문으로 나간다.) 언니가 옷 갈아입는 동안 당신도 여기 나와 있어요.

스탠리 언제부터 나한테 명령이야?

스텔라 여기서 언니한테 모욕을 줄 작정이야?

스탠리 그러고말고. 난 여기 있을 거야.

(스텔라는 현관 앞으로 나간다. 블랑시는 빨간색 새틴 가운을 입고 화장실에서 나온다.)

블랑시 (명랑하게) 안녕, 스탠리! 나 나왔어요. 깨끗하게 목욕하고 냄새도 상큼하고 마치 새로 태어난 기분이에요!

(스탠리는 담배에 불을 붙인다.)

스탠리 잘됐군요.

블랑시 (창문 커튼을 닫으면서) 예쁜 새 옷을 입는 동안 실례 좀 할게요.

스탠리 그러시죠.

블랑시 (두 방 사이의 커튼을 닫는다.) 오늘 저녁에 여자들은 초대하지 않고 카드놀이를 할 거라면서요!

스탠리 (험악하게) 그래서요?

(블랑시가 가운을 벗고 꽃무늬 드레스를 입는다.)

블랑시 스텔라는 어디 있어요?

스탠리 현관 앞에요.

블랑시 좀 이따 부탁할 게 있어요.

스탠리 뭔지 궁금하군요.

블랑시 등 뒤에 단추요! 들어와도 돼요!

(스탠리가 불만스러운 표정으로 커튼을 열고 들어간다.)

나 어때요?

스탠리 멋진데요.

블랑시 정말 고마워요! 자, 단추요!

스탠리 어떻게 해야 할지 모르겠는데요.

블랑시 남자들은 손이 크고 둔하기만 해서. 당신 담배 한 모금만 빨아도 되겠어요?

스탠리 하나 가져다 피우시죠.

블랑시 이런, 고마워요! ……아니 내 가방이 난리가 났네요.

스탠리 나랑 스텔라가 짐 푸는 걸 도와준 거요.

블랑시 이런, 재빨리 확실하게도 해 놨네요.

스탠리 파리의 옷 가게는 다 누비고 다닌 것 같군요.

블랑시 호호! 그래요. 난 옷이라면 미치거든요.

스탠리 이런 모피는 얼마나 하죠?

블랑시 글쎄, 그건 나를 사모하던 사람이 선물로 준 거예요!

스탠리 정말 많이 흠모했던 모양이군요!

블랑시 아, 네. 젊었을 때는 인기가 대단했어요. 하지만 지금 나를 좀 봐요! (스탠리를 바라보며 눈부시게 미소 짓는다.) 내가 한때는 매력적이었다는 게 믿어져요?

스탠리 지금도 괜찮아 보여요.

블랑시 칭찬을 원했던 거예요, 스탠리.

스탠리 나는 그런 거 잘 못해요.

블랑시 그런 게 뭐죠?

스탠리 여자 외모를 두고 칭찬하는 거 말이에요. 내가 만난 여자 중 말 안 해 줘도 자기가 잘났는지 못났는지 모르는 여자는 없었어요. 생긴 것보다 잘난 줄 아는 여자도 몇 있었지요. 전에 사귀었던 여자가 "나 섹시하죠, 나 섹시하죠!" 그러기에 말해 줬죠. "그래서 어쩌라고?"라고.

블랑시 그 여자가 뭐라고 하던가요?

스탠리 아무 말도 안 합디다. 조개처럼 입을 꽉 다물더군요.

블랑시 그렇게 연애는 끝났나요?

스탠리 대화가 끝난 거죠. 그게 다예요. 어떤 남자들은 할리우드 육체파에 끌리지만 안 그런 남자도 있죠.

블랑시 당신은 후자에 속하겠군요.

스탠리 맞아요.

블랑시 어떤 요부도 당신을 매혹할 수 있을 것 같지 않네요.

스탠리 그, 그래요.

블랑시 당신에겐 단순하고 직선적이고 정직하면서, 야성적인 면이 약간 있다고 생각해요. 당신의 관심을 끌기 위해서는 여자가 아마도…… . (막연한 몸짓을 하면서 머뭇거린다.)

스탠리 (천천히) 솔직하게…… 다 드러내 놓아야겠죠.

블랑시 (웃으면서) 네, 나는 우유부단한 사람은 싫어요. 그래서 당신이 어젯밤 여기 들어섰을 때 "내 동생은 진짜 남자랑 결혼했구나." 생각했다니까요. 그게 당신에 대해서 말할 수 있는 전부예요.

스탠리 (목청을 높이며) 이제 헛소리는 그만합시다!

블랑시 (손으로 귀를 막으며) 아아!

스텔라 (계단에서 부른다.) 스탠리! 이리 나와. 언니가 옷을 마저 갈아입게 놔둬.

블랑시 옷 다 갈아입었어, 얘.

스텔라 그럼, 이리로 나와.

스탠리 처형이랑 나는 대화 중이야.

블랑시 (가볍게) 얘, 내 부탁 좀 들어줄래. 저기 가게에 가서 얼음 잔뜩 넣은 레몬 콜라 한 잔 사다 줘. 그래 줄 거지, 동생아?

스텔라 (불확실하게) 알았어. (건물 모퉁이를 돌아 퇴장한다.)

블랑시 저 가엾은 게 밖에서 우리 말을 엿듣고 있었네요. 재가 당신을 나만큼도 이해하지 못하고 있다는 생각이 들어요……. 좋아요. 자, 코왈스키 씨, 내숭은 그만 떨고 시작해 보죠. 어떤 질문에도 대답할 준비가 되어 있어요. 난 숨기는 거 없어요. 뭐죠?

스탠리 루이지애나주에는 나폴레옹 법전이란 게 있어요. 그 법에 따르면 마누라 것은 곧 내 거고 반대도 마찬가지지요.

블랑시 이런, 당당한 법관 행세를 하는군요!

(블랑시가 자신에게 향수를 뿌린다. 곧 장난스럽게 스탠리에게도 뿌려 댄다. 스탠리는 분무기를 빼앗더니 화장대 위에 쾅하고 내려놓는다. 블랑시는 머리를 뒤로 젖히며 웃는다.)

스탠리 당신이 내 처형만 아니었어도 난 당신에 대해서 이상한 생각을 했을 거요!

블랑시 어떤 생각이요!

스탠리 바보같이 굴지 말아요. 다 알잖소!

블랑시 (분무기를 탁자 위에 내려놓는다.) 좋아요. 다 털어

놓을게요. 그게 내 방식이에요. (스탠리를 향한다.) 난 거짓말을 많이 해요. 여자의 매력이란 결국, 절반은 신기루 같은 거 아닌가요. 하지만 사안이 중대할 때 나는 진실을 말해요. 그리고 이건 진실이에요. 살아오면서 내 동생이든 당신이든 그 누구도 속인 적이 없다는 거죠.

스탠리 서류는 어디 있소? 가방 안에 있나?

블랑시 내가 가진 건 다 저 가방 안에 있어요.

(스탠리는 가방으로 다가가 거칠게 열면서 칸막이를 열어젖힌다.)

블랑시 도대체 무슨 생각을 하는 거예요! 철없는 애처럼 무슨 생각을 하는 거죠? 내가 뭘 빼돌리거나 동생한테 사기라도 치려 한다는 건가요? 내가 할게요! 그게 더 빠르고 간단하겠어요……. (가방으로 달려가서 상자 하나를 꺼낸다.) 서류들은 거의 다 이 양철 상자에 들어 있어요. (상자를 연다.)

스탠리 그 밑에 있는 건 뭐요? (또 다른 서류 묶음을 가리킨다.)

블랑시 그건 오래전에 어떤 소년한테 받은 빛바랜 연애편지예요. (스탠리가 편지들을 낚아챈다. 블랑시는 사납게 말한다.) 그거 돌려줘요!

스탠리 내가 우선 좀 봐야겠소!

블랑시 당신 손이 닿으면 편지를 모욕하는 거야!

스탠리　그 따위 말 집어치워!

(리본을 잡아 찢고 편지를 살펴보기 시작한다. 블랑시는 스탠리에게서 편지를 빼앗고, 편지들이 바닥에 흩어진다.)

블랑시　당신이 편지를 만졌으니 이제 태워 버려야겠어!

스탠리　(당황해서 바라보며) 도대체 그것들이 뭐요?

블랑시　(바닥에서 편지들을 주워 모으며) 죽은 소년이 쓴 시들이에요. 당신이 나를 괴롭히려 드는 것같이 나도 그 소년을 괴롭혔어요. 하지만 당신은 내게 고통을 줄 수 없어! 나는 이제 어리지도 약하지도 않거든. 하지만 내 어린 남편은 그랬지. 그리고 나는……. 그건 그렇다 치고! 편지나 이리 돌려줘요!

스탠리　불태워 버려야 한다니 무슨 말이요?

블랑시　미안해요, 잠시 머리가 돌았나 봐요. 누구든 남들이 만져서는 안 되는 뭔가가 있는 법이잖아요. 그것의, 은밀한 성격 때문에 말이죠…….

(블랑시는 이제 지쳐서 축 늘어져 보인다. 귀중품 상자를 안고 의자에 앉아서, 안경을 쓰고 두꺼운 서류 뭉치를 기계적으로 검토하기 시작한다.)

앰블러 앤드 앰블러. 으으음……. 크랩트리…….
앰블러 앤드 앰블러가 또 있네.

스탠리 앰블러 앤드 앰블러가 뭐요?

블랑시 우리 땅을 담보로 대출을 해 준 회사예요.

스탠리 그렇다면 저당을 잡혔다 날렸다는 말이오?

블랑시 (앞이마를 만지며) 그렇게 된 셈이죠.

스탠리 만약에, 그런데, 그러나 같은 변명은 듣기 싫소! 저 나머지 서류들은 다 뭐요?

(블랑시가 스탠리에게 상자 전체를 넘겨준다. 스탠리는 상자를 테이블로 들고 가서 서류를 검토하기 시작한다.)

블랑시 (다른 서류가 든 커다란 봉투를 집어 들면서) 몇백 년에 걸쳐 벨 리브와 연관된 서류가 수도 없이 많아요. 간단히 말하자면, 절약이라곤 모르는 할아버지들 아버지 그리고 삼촌, 오빠 들이 자신들의 엽색 행각을 위해서 땅을 한 조각 한 조각 팔아넘겼어요! (지친 듯이 웃으며 안경을 벗는다.) 상스러운 그 단어가 우리 농장을 앗아 갔어요. 결국 남은 거라곤…… 스텔라가 확인해 줄 수 있어요! 집 한 채와, 스텔라하고 나만 남겨 둔 채 모두 다 묻혀 버린 무덤이 딸린 땅 8헥타르밖에 없었다고요. (봉투 속 내용물을 식탁 위에 쏟아 놓는다.) 여기 전부 다 있어요, 모든 서류가 다! 이제 당신에게 다 드리죠! 가져가서 잘 읽어 보고, 암기까지 해 봐요! 벨 리브가 낡은 서류 조각이 되어 당신의 그

크고 유능한 손아귀에 들어가다니, 잘 어울리는 것 같군요! ……스텔라가 레몬 콜라를 가지고 돌아왔나 모르겠네……. (블랑시는 등을 뒤로 젖히고 눈을 감는다.)

스탠리 아는 변호사가 이 서류를 검토해 줄 거요.

블랑시 서류랑 아스피린 한 상자를 같이 갖다주세요.

스탠리 (약간 기가 죽어서) 나폴레옹 법전에 의하면 남편은 아내의 일에 관심을 가져야만 해요. 아내가 임신했으니 더 그렇죠.

(블랑시가 눈을 뜬다. 「블루 피아노」 소리가 더 크게 들려온다.)

블랑시 스텔라가요? 스텔라가 아기를 가졌다고요? (꿈꾸듯이) 임신한 건 몰랐는데!

(블랑시가 일어나서 현관 문 쪽으로 달려간다. 스텔라가 가게 종이 상자를 들고 모퉁이를 돌아 나타난다.)

(스탠리는 침실로 서류 봉투와 상자를 들고 들어간다.)

(안쪽의 방들은 어두워지고 집 외벽이 부각된다. 블랑시가 인도 쪽 층계 밑에서 스텔라를 만난다.)

블랑시 스텔라, 별을 닮은 스텔라! 아기를 갖다니 정말 멋

지구나! 다 잘되었어, 모든 게 다 잘됐어.

스텔라 그이가 언니한테 한 짓 미안해.

블랑시 아. 자스민 향수를 좋아할 사람은 아니지만, 벨리브를 잃은 마당에 우리가 피를 섞으며 살아야 되는 건 이제 그런 사람일지도 몰라. 우리는 치고받고 했어. 약간 떨리긴 하지만 일을 잘 처리한 것 같아. 웃으면서 다 농담으로 받아들였다니까. (스티브와 파블로가 맥주 상자를 들고 등장한다.) 나는 그 사람을 어린애라고 부르며 웃고 놀리고 그랬어. 맞아, 내가 네 남편한테 치근덕댔다니까! (남자들이 다가오자) 손님들이 카드놀이를 하러 모이는구나. (두 남자가 여자들을 지나쳐서 집 안으로 들어간다.) 스텔라, 우리는 어디로 가야 하니? 이쪽?

스텔라 아니, 저쪽이야. (스텔라가 블랑시를 데려간다.)

블랑시 (웃으면서) 장님이 장님을 인도하는 격이네!

(타말레 장수 소리가 들린다.)

장수의 목소리 따끈하고 매운 맛이요!

3장

포커 치는 밤

당구장의 밤 풍경을 그린 반 고흐의 그림이 있다. 지금 부엌은 그 그림과 비슷하게 어린아이들의 원색적인 스펙트럼과 같은 야한 밤의 광채를 띠고 있다. 식탁에 깔린 노란색 리놀륨 식탁보 위에는 선명한 초록색 유리 갓을 씌운 전구가 매달려 있다. 스탠리, 스티브, 미치, 파블로 등 포커 치는 사람들은 청색, 자주색, 빨간색, 흰색의 체크무늬 그리고 연한 녹색 같은 화려한 색깔의 셔츠를 입고 있다. 이들은 육체적으로도 남성의 정점에 있으며, 원색처럼 조야하고 직선적이고 힘이 넘친다. 식탁 위에는 색이 선명한 수박과 위스키 병과 유리잔이 놓여 있다. 침실은 커튼 틈새와 길가에 면한 넓은 유리를 통해서만 불빛이 스며들어 상대적으로 어둡게 느껴진다. 패를 나누는 동안 잠시 집중하는 침묵이 흐른다.

스티브 이번 판에 와일드카드가 있던가?

파블로 외눈박이 잭이 와일드카드야.

스티브 카드 두 장 줘.

파블로 미치, 넌?

미치 난 빠질래.

파블로 하나.

미치 한잔할 사람?

스탠리 응, 여기.

파블로 누가 중국집 가서 잡채나 왕창 안 사올래?

스탠리 내가 잃고 있는데 너는 먹겠다는 거냐! 돈들 더 걸어. 병따개 어디 있어? 병따개! 미치, 식탁에서 엉덩짝 좀 치워. 포커 판에는 카드, 점수 패, 위스키 말고는 있어서는 안 돼.

(스탠리가 비틀거리면서 일어나더니 수박 껍질 몇 개를 바닥에다 던진다.)

미치 기세등등하시다 이거군?

스탠리 몇 장?

스티브 세 장 줘.

스탠리 한 장.

미치 난 빠질래. 집에 가 봐야 돼.

스탠리 입 닥쳐.

미치 어머니가 아프셔. 내가 들어가기 전에는 밤에 주

무시지도 않는다니까.

스탠리 그럼 집에서 엄마랑 그냥 죽치고 있지 그러냐?

미치 어머니가 나가라고 해서 나왔는데 별로 재미가 없어. 어머니가 어떤지 계속 걱정되거든.

스탠리 휴, 젠장. 그럼, 집에 가라 가!

파블로 넌 뭐 가졌어?

스티브 스페이드 플러시.

미치 너희들은 다 결혼했잖아. 난 어머니가 돌아가시면 혼자라고. 화장실 좀 가야겠어.

스탠리 빨리 갔다 와. 젖꼭지 준비해 놓을게.

미치 이런, 망할 놈. (침실을 가로질러서 화장실로 들어간다.)

스티브 (패를 돌리면서) 세븐 카드 스터드다. (패를 나누며 농담을 늘어놓는다.) 어떤 늙은 농부가 집 뒤에 쭈그리고 앉아 닭한테 옥수수를 주는데, 갑자기 꼬꼬댁 소리가 크게 들리더니 어린 암탉 한 마리가 집 옆을 돌아 쏜살같이 달려오더라는 거야. 그 뒤에는 수탉 한 마리가 바짝 쫓는데 거의 따라붙었더래.

스탠리 (이야기에 짜증을 내며) 패나 돌려!

스티브 그런데 수탉이 농부가 모이를 주는 것을 보더니 갑자기 멈춰 서서 암탉은 내버려 두고 모이를 먹기 시작하더래. 늙은 농부 왈, "하느님 제발 저 정도로 배고프게는 마옵소서."라고 했다는 거야.

(스티브와 파블로가 웃는다. 두 자매가 건물 모퉁이를 돌아서 등장한다.)

스텔라 아직도 하는 중이네.

블랑시 나 어떠니?

스텔라 예뻐, 언니.

블랑시 너무 덥고 지쳤어. 분이라도 바르고 나면 문 열어. 나 피곤해 보이니?

스텔라 아니. 데이지처럼 싱싱해.

블랑시 며칠 전에 따온 것 같겠지.

(스텔라가 문을 열며 두 자매가 들어선다.)

스텔라 이런, 이런, 이런. 아직도 하고 계시는군요!

스탠리 어디 갔다 온 거야?

스텔라 언니와 나는 공연을 봤어. 언니, 여기 곤잘레 씨와 허벨 씨야.

블랑시 일어나지들 마세요.

스탠리 아무도 안 일어나니 걱정 마쇼.

스텔라 게임은 얼마나 더 할 거죠?

스탠리 그만둘 때까지.

블랑시 포커는 너무 흥미진진해요. 참견 좀 해도 돼요?

스탠리 안 돼요. 여자들은 2층에 가서 유니스랑 있지 그래?

스텔라 2시 반이 다 됐어. (블랑시는 침실로 들어가 칸막이를 반쯤 친다.) 한 판만 더 하고 끝내면 안 돼?

(의자 긁히는 소리가 난다. 스탠리가 철썩하며 스텔라의 허벅지를 친다.)

스텔라 (날카롭게) 스탠리, 그만해.

(남자들이 웃는다. 스텔라가 침실로 들어간다.)

스텔라 사람들 앞에서 저럴 때는 정말 화가 나.

블랑시 나 목욕 좀 해야겠어.

스텔라 또?

블랑시 신경이 뒤엉킨 것 같아. 화장실에 누구 있니?

스텔라 모르겠는데.

(블랑시가 문을 가볍게 두드린다. 미치가 문을 열고 수건으로 손을 닦으며 나온다.)

블랑시 이런! 안녕하세요.

미치 안녕하세요. (뚫어지게 블랑시를 바라본다.)

스텔라 언니, 해롤드 미첼 씨야. 우리 언니 블랑시 두보아예요.

미치 (어색하게 예의를 갖추며) 안녕하십니까, 두보아 씨?

스텔라 어머니는 좀 어떠세요, 미치?

미치 항상 그러시죠, 뭐. 커스터드 보내 준 거 고마워하세요. 실례하겠습니다.

(미치는 부엌으로 천천히 돌아가며 블랑시를 흘끔 바라보면서 수줍게 기침을 한다. 아직도 손에 수건을 들고 있다는 걸 알고는 당황해 웃으며 스텔라에게 수건을 건넨다. 블랑시가 관심 있게 그를 지켜본다.)

블랑시 저이는 다른 사람들보다 좀 나은 것 같다.

스텔라 그래, 맞아.

블랑시 좀 예민해 보이는데.

스텔라 어머니가 아프셔.

블랑시 결혼했니?

스텔라 아니.

블랑시 늑대과니?

스텔라 이런, 언니! (블랑시가 웃는다.) 아닐 거야.

블랑시 뭐 하는, 뭐 하는 사람이야?

(블랑시가 블라우스 단추를 푼다.)

스텔라 부품 부서에서 정밀 부품 담당이야. 스탠리가 판매원으로 일하는 회사에서 말이야.

블랑시 대단한 자리야?

스텔라 아니. 친구들 중 출세할 만한 사람은 스탠리밖에 없어.

블랑시 왜 스탠리가 출세할 거라고 생각하니?

스텔라 그 사람을 한번 봐.

블랑시 벌써 봤어.

스텔라 그럼 언니도 알 것 아냐.

블랑시 안됐지만, 스탠리의 이마에서도 천재란 표시는 못 찾겠는걸.

(블랑시가 블라우스를 벗고 분홍색 브래지어와 흰색 치마 차림으로 칸막이를 통해 비쳐 들어오는 불빛 아래 서 있다. 카드놀이 하는 소리가 배경에 깔린다.)

스텔라 그건 이마에 나타나지 않아. 그리고 천재도 아니고.

블랑시 그래, 그럼 뭐야? 어디 있어? 나도 궁금하다.

스텔라 그이가 가진 추진력 말이야. 언니! 불빛 아래 서 있네.

블랑시 오, 내가 그랬니!

(노란 불빛 바깥으로 나온다. 스텔라는 드레스를 벗고 하늘색 새틴 기모노 가운을 입는다.)

스텔라 (깔깔대고 웃으며) 언니가 저 사람들 부인들을 한번 봐야 하는데.

블랑시 (웃으면서) 상상이 간다. 덩치 크고 둔하겠지.

스텔라 2층에 사는 사람 알지? (계속 웃는다.) 한번은 (웃으며) 저 회벽에 (웃으며) 금이 갔다니까, 글쎄.

스탠리 거기 암탉들 그만 좀 종알대시지!

스텔라 들리지도 않으면서.

스탠리 넌 내 말 들리지, 내가 조용히 하라고 했다!

스텔라 여긴 우리 집이고 내 맘대로 말할 거야!

블랑시 스텔라, 문제 일으키지 마.

스텔라 저 사람 벌써 반은 취했다니까! 나 금방 나올게.

(화장실로 들어간다. 블랑시는 일어나서 천천히 흰색 소형 라디오에 다가가 스위치를 켠다.)

스탠리 자, 그럼. 미치, 자네도 할 건가?

미치 뭐? 아니, 나는 빠질래!

(블랑시가 불빛 아래로 다시 들어간다. 팔을 위로 뻗으며 기지개를 켜고 다시 느긋하게 의자에 돌아와 앉는다.)

(라디오에서 룸바 음악이 나온다. 미치가 식탁에서 일어난다.)

스탠리 거기 누가 라디오 틀었어?

블랑시 내가요. 방해되나요?

스탠리 꺼요!

스티브 여자들, 음악 듣게 놔둬.

파블로 그래, 좋은데, 놔둬!

스티브 제이비르 쿠가트 같은데!

(스탠리가 벌떡 일어나서 라디오에 다가가 꺼 버린다. 의자에 앉은 블랑시를 보자 멈칫한다. 블랑시의 기가 꺾이지 않고 스탠리의 시선에 당당히 맞선다. 스탠리는 다시 포커 탁자에 와 앉는다.)

(남자 둘이 격하게 말다툼을 하고 있다.)

스티브 부르는 거 못 들었는데.

파블로 내가 부르지 않았어, 미치?

미치 안 듣고 있었어.

파블로 그럼, 뭐 하고 있었어?

스탠리 커튼 사이를 들여다보고 있었지. (벌떡 일어나서 커튼을 거칠게 잡아당겨 닫는다.) 자, 패를 다시 돌리자. 게임을 하든지 아니면 그만두든지. 따기만 하면 안달을 하는 놈들이 있다니까.

(스탠리가 자리로 돌아오자 미치가 일어난다.)

스탠리 (소리 지르며) 앉아!

미치 화장실 좀 가려고. 나는 빼 줘.

파블로 진짜 안달이 났구나. 5달러짜리 지폐 일곱 장을 꼬깃꼬깃 뭉쳐 놓았을 거야.

스티브 내일이면 가게에 가서 25센트짜리 동전으로 바꾸는 꼴을 보게 될걸.

스탠리 집에 가면 어머니가 크리스마스 선물로 준 돼지 저금통에다가 하나하나 넣겠지. (패를 나누며) 이번 게임은 스핏 인 디 오션이다.

(미치는 어색하게 웃으며 계속해서 커튼 사이를 들여다본다. 커튼 안으로 들어선다.)

블랑시 (부드럽게) 안녕! 화장실에 누가 있는데요.

미치 맥주를…… 마셔서 말이에요.

블랑시 난 맥주는 싫어요.

미치 날이 더울 때…… 제격이죠.

블랑시 아, 난 안 그래요. 마실수록 더 덥단 말이에요. 담배 있어요? (그녀는 짙은 붉은색 새틴 가운을 입고 있다.)

미치 물론이죠.

블랑시 어떤 거죠?

미치 럭키스요.

블랑시 오, 잘됐네요. 담뱃갑이 참 예뻐요. 은이에요?

미치 네, 네. 안에 새긴 글 좀 읽어 보세요.

블랑시 아, 글이 새겨 있어요? 잘 안 보이는데요. (미치가 성냥을 켜고 가까이 다가온다.) 아! (힘든 척하면서 읽는다.)

"그리고 만약 하느님이 허락하신다면, 죽은, 뒤에, 당신을 더욱 사랑하겠습니다!"
어머나, 내가 제일 좋아하는 브라우닝 부인의 소네트에서 따온 거군요!

미치 아는 시예요?

블랑시 물론 알고말고요!

미치 그 글에는 사연이 있어요.

블랑시 낭만적인 얘기 같은데요.

미치 무척 슬픈 얘기예요.

블랑시 그래요?

미치 그 여자는 죽었답니다.

블랑시 (깊이 동정하는 듯한 목소리로) 저런!

미치 내게 이걸 주었을 때 자기가 죽어 간다는 걸 알고 있었어요. 매우 이상한 여자였지만, 아주 상냥했어요, 정말로!

블랑시 당신을 좋아했나 봐요. 병든 사람들은 깊고 진지한 사랑을 하죠.

미치 맞아요, 정말 그래요.

블랑시 슬픔이 진실을 가져오나 봐요.

미치 슬픔은 분명 사람에게서 진실을 끄집어내요.

블랑시 얼마 안 되는 진실이나마 슬픔을 경험한 사람만이 갖고 있죠.

미치 당신 말이 맞아요.

블랑시 내가 맞는 게 확실해요. 슬픔을 겪지 못한 사람을 데려와 봐요, 그가 피상적이라는 걸 보여 줄 테니, 이런, 내 말 좀 들어 보세요! 혀가 잘 안 돌아가네요! 당신 남자들 책임이에요. 공연은 11시에 끝났는데 카드놀이 때문에 집에 올 수가 없었어요. 어딘가 들러서 술을 마셔야만 했다니까요. 한 잔 이상은 마셔 본 적이 별로 없는데. 두 잔이 내 주량이거든요. 그런데 석 잔을 마셨어요! (웃는다.) 오늘 밤에는 석 잔을 마셨어요.

스탠리 미치!

미치 나는 빼 줘. 얘기 중이야, 미스…….

블랑시 두보아예요.

미치 두보아?

블랑시 프랑스식 이름이에요. 숲이란 뜻이죠. 블랑시는 흰색, 둘을 합치면 하얀 숲이 되죠. 봄의 과수원처럼요! 그렇게 기억하면 되겠지요.

미치 당신은 프랑스인인가요?

블랑시 혈통을 따지자면 그렇죠. 미국으로 처음 온 조상들은 프랑스의 위그노 교도였어요.

미치 당신, 스텔라의 언니죠, 그렇죠?

블랑시 그래요, 스텔라는 내 소중한 동생이죠. 사실 스텔라가 나보다 나이가 많지만 나는 그 애를 동생이라고 불러요. 조금 많아요. 일 년도 차이가 안 나요. 내 부탁 좀 들어줄래요?

미치 물론이죠. 뭔가요?

블랑시 버번가에 있는 중국 가게에서 이 멋진 색종이 등을 샀어요. 저 전구에 씌워 주세요! 부탁이에요.

미치 물론 해 드리죠.

블랑시 난 상스러운 말이나 천박한 행동처럼 갓이 없는 알전구도 참지 못하겠어요.

미치 (등을 맞춰 조정을 하면서) 우리가 꽤나 거친 놈들로 보였겠어요.

블랑시 난 상황에, 적응을 아주 잘하는 편이에요.

미치 그건, 아주 좋은 점이지요. 스탠리와 스텔라를 보러 온 거죠?

블랑시 스텔라가 최근에 몸이 좀 안 좋아서, 당분간 좀 도와주러 온 거예요. 아주 지쳐 있어서요.

미치 당신은……?

블랑시 결혼했냐고요? 아니요, 아뇨. 난 노처녀 학교 선생이에요!

미치 학교 선생님은 맞겠지만 노처녀는 아닌데요.

블랑시 고마워요! 정말 신사시네요!

미치 그러니까 교직에 계시단 말씀이죠?

블랑시 그래요, 음, 네…….

미치 초등학교인가요? 고등학교? 아니면…….

스탠리 (소리를 높이며) 미치!

미치 갈게!

블랑시 저런, 목소리도 커라! …… 고등학교에서 가르쳐요. 로렐에서요.

미치 뭘 가르치나요? 무슨 과목이죠?

블랑시 맞혀 보세요!

미치 미술이나 음악일 것 같은데요? (블랑시가 우아하게 웃는다.) 물론 내가 틀렸을 수도 있어요. 수학일 수도 있겠지요.

블랑시 수학은 아니에요. 절대 수학은 아니에요! (웃으며) 구구단도 모른다니까요! 아뇨, 난 불행히도 영어 선생이에요. 겉멋 든 사춘기 소년, 소녀에게 호손과 휘트먼과 포를 존경하게 만들어야 하죠.

미치 어떤 학생들은 다른 데 관심이 더 많을 것 같군요.

블랑시 정말 맞는 말이에요! 학생들은 자신들의 문학적 전통을 가장 소중한 것으로 여기지 않는답니다! 하지만 얼마나 귀여운데요! 그리고 봄이 되어 아이들이 처음으로 사랑을 발견하는 걸 보면 감동하곤 해요! 일찍이 누구도 사랑을 몰랐던 것처럼!

(화장실 문이 열리고 스텔라가 나온다. 블랑시는 미치와 계속 대화를 나눈다.)

아! 다 끝났니? 잠깐, 라디오를 켤게요.

(블랑시가 라디오 스위치를 돌리자 「비엔나, 비엔나, 오직 너 혼자만」이 흘러나온다. 블랑시가 음악에 맞춰서 낭만적인 자태로 왈츠를 춘다. 미치는 즐거워하며 마치 춤추는 곰처럼 어색하게 따라서 춤을

춘다.)

(스탠리가 커튼을 젖히고 침실로 사납게 들어온다. 흰색 소형 라디오에 다가가 테이블에서 획 잡아챈다. 욕지거리를 내뱉으며, 라디오를 창밖으로 던져 버린다.)

스텔라 취했어, 취했어, 동물 같으니! (포커 판으로 달려간다.) 당신들 모두, 집에 가요! 일말의 체면이라도 있다면…….

블랑시 (흥분해서) 스텔라, 조심해라, 저 사람이…….

(스탠리가 스텔라에게 돌진한다.)

남자들 (기가 죽어서) 진정해, 스탠리. 진정하라고, 이봐. 다들…….

스텔라 나한테 손대기만 해 봐, 그러면 나는…….

(스텔라가 뒤로 물러나며 사라진다. 스탠리도 쫓아가며 사라진다. 때리는 소리가 들린다. 스텔라가 비명을 지른다. 블랑시가 소리를 지르며 부엌으로 뛰어든다. 남자들이 달려 나가자 몸싸움이 벌어지고 욕설이 들린다. 뭔가가 쾅하는 소리와 함께 엎어진다.)

블랑시 (날카롭게) 내 동생은 임신했어요!

미치 이거 끔찍하군.

블랑시 미쳤어, 완전히 미쳤어!

미치 이봐들, 스탠리를 이리 데려와.

(스탠리가 두 남자에게 붙잡혀서 침실로 들어온다. 스탠리는 둘을 거의 밀쳐 버린다. 그러더니 갑자기 주저앉아 두 남자의 손아귀에서 축 늘어진다.)

(남자들이 조용히 다정하게 스탠리에게 말을 걸고 스탠리는 한 친구의 어깨에 얼굴을 기댄다.)

스텔라 (보이지 않는 곳에서 높고 부자연스러운 목소리로) 떠나고 싶어, 떠나 버리고 싶다고 !

미치 여자가 있는 집에서 포커 치면 안 된다니까.

(블랑시가 침실로 뛰어 들어온다.)

블랑시 내 동생 옷을 가져가야겠어요! 2층 여자한테로 갈 거예요.

미치 옷이 어디 있죠?

블랑시 (벽장을 열더니) 찾았어요! (스텔라에게 달려간다.) 스텔라, 스텔라, 소중한! 귀한 내 동생, 겁내지 마!

(블랑시가 스텔라를 얼싸안은 채, 현관문과 2층으로 인도한다.)

스탠리 (멍하게) 무슨 일이야, 무슨 일이 있었나?

미치 넌 제정신이 아니었어, 스탠리.

파블로 이제 괜찮은데.

스티브 그래, 이제는 괜찮군!

미치 침대에 눕히고 젖은 수건을 가져와.

파블로 지금은 커피가 좋을 것 같은데.

스탠리 (탁한 목소리로) 물 좀 줘.

미치 샤워를 시키자!

(남자들이 스탠리를 화장실로 데려가면서 조용조용히 이야기를 나눈다.)

스탠리 젠장, 날 내버려 둬, 이 새끼들아!

(때리는 소리가 들린다. 물이 마구 쏟아진다.)

스티브 빨리 여기서 나가자!

(남자들이 포커 판으로 달려가 딴 돈을 챙겨 빠져나간다.)

미치 (슬퍼하면서도 단호하게) 포커는 여자들이 있는 집에서 치면 안 돼.

(문이 닫히고 집 안이 조용해진다. 모퉁이를 돌면 있는 술집에서

흑인 악사가 「종이 인형」을 천천히 서글프게 연주한다. 잠시 뒤 스탠리가 침실에서 물을 뚝뚝 흘리면서 나오는데 여전히 젖어서 착 달라붙는 물방울무늬 팬티 차림이다.)

스탠리 스텔라! (잠시 쉬었다가) 내 귀여운 마누라가 나를 떠나 버렸어!

(흐느끼기 시작한다. 흐느낌으로 몸을 떨며 전화기에 다가가 다이얼을 돌린다.)

유니스? 우리 마누라 좀 바꿔 줘! (잠시 기다렸다가 끊고 다시 건다.) 유니스! 우리 자기랑 통화할 때까지 계속 걸 거야!

(분간하기 어려운 비명이 들린다. 스탠리가 바닥에 전화기를 세게 던진다. 방들이 어두워지고 외벽이 야간 조명에 환해지면서 금관 악기와 피아노의 조화되지 않은 소리가 들린다. 잠시 「블루 피아노」 연주가 들려온다.)

(마침내 스탠리가 옷을 반만 걸친 채 비틀거리며 현관 앞으로 나와서 나무 계단을 내려가 집 앞 도로로 나선다. 짖어 대는 사냥개처럼 고개를 뒤로 젖히고 아내의 이름을 소리쳐 부른다. "스텔라! 스텔라, 여보! 스텔라!")

스탠리　스텔라아아아아!

유니스　(위층 자기 집 문에서 소리친다.) 소리 그만 지르고 가서 잠이나 자라고!

스탠리　내 마누라 내려보내. 스텔라, 스텔라!

유니스　당신 마누라는 안 내려가니까 그만 하셔! 안 그러면 경찰을 부를 거야.

스탠리　스텔라!

유니스　여자를 두드려 패고 나서 다시 돌아오라고! 스텔라는 안 돌아가! 임신까지 한 여자를! ……이 비열한 인간! 폴란드 놈아! 네 놈을 잡아다가 저번처럼 소방 호스를 쏴야 하는 건데 !

스탠리　(비굴하게) 유니스, 내가 가서 우리 자기 데리고 내려올까!

유니스　하! (문을 쾅 닫는다.)

스탠리　(하늘이 찢어질 듯 격렬하게) 스텔라아아아아아!

(낮은 클라리넷 소리가 슬프게 들린다. 2층 현관문이 열린다. 스텔라가 가운을 입은 채 낡은 계단을 미끄러지듯 내려온다. 눈에 눈물이 반짝거리고 머리카락이 목과 어깨로 흘러내렸다. 둘은 서로 마주 본다. 스탠리와 스텔라 둘 다 낮고 동물 같은 신음 소리를 낸다. 남자는 계단에 무릎을 꿇고 임신해서 약간 불룩해진 여자의 배에다 자기 얼굴을 갖다 댄다. 여자는 눈에 부드러움을 가득 담은 채 남자의 머리를 잡아 일으켜 세운다. 남자는 스텔라를 안고 망사문을 열어젖히며 어두운 집 안으로 들어간다.)

(블랑시가 가운을 입은 채 위층 층계참으로 나와서 걱정스러워하며 계단을 내려온다.)

블랑시 내 동생은 어디 있지? 스텔라? 스텔라?

(동생의 집 어두컴컴한 입구 앞에서 멈춰 선다. 마치 무언가에 맞은 듯이 숨을 죽인다. 집 앞 인도로 달려 나간다. 피난처를 찾듯이 좌우를 살핀다.)

(음악이 서서히 사라진다. 미치가 모퉁이를 돌아 나타난다.)

미치 두보아 씨?

블랑시 어머!

미치 포토맥 전선은 조용한가요?

블랑시 동생이 아래로 내려와서는 그자랑 같이 저리로 들어갔어요.

미치 물론 그랬겠지요.

블랑시 정말 무서워요!

미치 이런! 겁낼 것 없어요. 둘은 서로 죽고 못 산답니다.

블랑시 난 이런 데 익숙하지가 않아요…….

미치 당신이 오자마자 이런 일이 일어나 유감스럽군요. 하지만 심각하게 생각지는 마세요.

블랑시 폭력이라니! 그건 정말…….

미치 계단에 앉아서 나랑 담배나 한 대 피우죠.

블랑시 옷도 제대로 안 입었는데요.

미치 이 동네에서는 상관없어요.

블랑시 은제 케이스가 정말 예쁘네요.

미치 안에 새겨진 글 내가 보여 드렸죠, 그렇죠?

블랑시 네. (잠깐 침묵하며, 하늘을 올려다본다.) 이 세상에는 혼란스러운 일들이 너무 많아요. 너무 많아……. (미치는 수줍게 기침을 한다.) 친절히 대해 주셔서 고마워요! 난 지금 친절이 필요해요.

4장

다음 날 이른 아침. 길거리의 소음이 뒤섞여서 합창곡처럼 들려온다.

스텔라는 침실에 누워 있다. 이른 아침 햇빛에 비친 그녀의 얼굴은 평화롭다. 임신해서 약간 둥그스름한 배 위에 한 손이 올려져 있고 다른 손에는 컬러 만화책이 들려 있다. 그녀의 눈과 입술에는 부처의 얼굴처럼 마약에 취한 듯한 평온함이 깃들어 있다.

식탁은 남은 아침 식사와 전날 밤의 잔재로 지저분하다. 스탠리의 화려한 잠옷이 침실 입구에 떨어져 있다. 현관문이 살짝 열려 있어서 밝은 여름 하늘이 보인다.

블랑시가 현관문에 등장한다. 한숨도 못 잔 탓에 겉모습이 스텔라와 완전히 대조를 이룬다. 집 안으로 들어가기 전에 문틈을 들여다보며 손가락 마디를 신경질적으로 입술에 가져다 댄다.

블랑시 스텔라?

스텔라 (느릿느릿 몸을 뒤척이며) 음?

(블랑시가 신음 소리를 내며 침실로 뛰어들어 지나치게 흥분한 상태로 애정을 쏟아 내며, 스텔라 옆에 몸을 던진다.)

블랑시 우리 아기, 내 동생!

스텔라 (블랑시에게서 몸을 빼며) 언니, 무슨 일이야?

(블랑시는 천천히 몸을 세우더니 주먹 쥔 손을 입에 대고 동생을 내려다보며 침대 옆에 선다.)

블랑시 그 인간은 나갔니?

스텔라 스탠리? 나갔어.

블랑시 다시 올 거니?

스텔라 자동차에 기름칠하러 갔어. 왜?

블랑시 왜냐고? 스텔라, 난 정신이 반은 나갔어! 네가 그런 일을 겪고도 여기 다시 올 만큼 정신이 나갔다는 걸 알고는 쫓아 들어오려고 했어!

스텔라 그러지 않아서 다행이야.

블랑시 무슨 생각을 한 거니? (스텔라가 모호한 몸짓을 한다.) 대답해! 뭐야? 뭐냐고?

스텔라 제발, 언니! 앉아. 그리고 소리 좀 지르지 마.

블랑시 좋아, 스텔라. 조용히 다시 물어볼게. 어젯밤 너 어떻게 이 집에 돌아올 수가 있었니? 그 남자랑 잠자리까지 한 모양이구나!

(스텔라가 침착하고 느긋하게 일어선다.)

스텔라 언니가 얼마나 흥분을 잘하는지 잊고 있었어. 이번 일을 가지고 너무 야단이야.

블랑시 내가?

스텔라 그래, 그렇다니까. 언니한테는 어떻게 보였을지 알겠고, 그런 일이 있어서 정말 미안해. 하지만 언니가 받아들이듯이 심각한 건 전혀 아니라고. 첫째, 남자들이 술 마시고 포커 칠 때는 어떤 일이든 생길 수 있어. 언제나 화약통 같다고. 스탠리는 자기가 무슨 일을 하는지 몰랐다니까……. 내가 돌아왔을 때는 순한 양 같았어. 스스로 정말 부끄러워했어.

블랑시 그러면, 모두 다 괜찮다는 거니?

스텔라 아니, 누구라도 그렇게 끔찍한 소동을 벌인 건 잘못이지만 사람들은 가끔 그러기도 하잖아. 스탠리는 늘 물건들을 때려 부숴. 결혼식 날 밤에는 집에 들어오자마자 내 슬리퍼를 잡아 벗기더니 집 안을 뛰어다니며 전구들을 때려 부쉈다니까.

블랑시 그 사람이 무슨 짓을 했다고?

스텔라 내 슬리퍼 뒤축으로 전구를 모두 때려 부쉈다니까! (웃는다.)

블랑시 그런데 너는, 너는 그냥 내버려 뒀어? 도망도 안 치고, 소리도 안 질렀어?

스텔라 나는, 뭐랄까, 스릴 같은 걸 느꼈어. (잠깐 기다렸다가) 유니스랑 언니는 아침 먹었어?

블랑시 내가 아침 먹을 정신이 있었겠니?

스텔라 스토브에 커피 남은 거 있을 거야.

블랑시 넌 너무나 대수롭지 않게 받아들이는구나, 스텔라.

스텔라 그럼 어떻게 하라고? 스탠리가 라디오 고치려고 가져갔어. 길바닥에 떨어지지는 않아서 진공관 하나만 부서졌더라고.

블랑시 그런데 너는 거기 서서 웃고 있구나!

스텔라 내가 어떡했으면 좋겠는데?

블랑시 너 자신을 추스르고 현실에 대처해야지.

스텔라 언니 생각엔 그게 뭔데?

블랑시 내 생각? 너는 정신병자랑 결혼했다는 거야!

스텔라 아니야!

블랑시 그래, 맞아. 네 처지가 나보다 더 한심해! 너는 그걸 모를 뿐이야. 나라도 뭔가를 해야겠어. 정신을 차리고 새 삶을 찾을 거야!

스텔라 그래?

블랑시 하지만 넌 포기해 버렸어. 그건 옳지 않아. 아직 젊다고! 벗어날 수 있어.

스텔라 (천천히 그리고 단호하게) 난 벗어나고 싶은 상황에 있지 않아.

블랑시 (못 믿겠다는 듯이) 뭐라고, 스텔라?

스텔라 빠져나오고 싶은 상황에 있지 않다고 말했어. 이 방 지저분한 것 좀 봐! 저 빈 병들이랑! 어젯밤 두 상자를 비웠더라고! 오늘 아침에 스탠리가 포커 파티는 그만두겠다고 약속했어. 하지만 그 약속이 얼마나 오래가겠어. 그래, 그건 그 사람의 낙이야, 마치 내가 영화나 브리지 게임을 좋아하듯이 말이야. 습관에 대해서는 서로 참아 줘야 한다고 생각해.

블랑시 이해 못 하겠어! (스텔라가 블랑시를 향한다.) 네가 태연한 걸 난 이해 못 하겠어. 이게 네가, 연마하는 중국 철학이니?

스텔라 뭐가 뭐라고?

블랑시 마치 아무 일도 아니라는 듯 '진공관 하나가 부서졌고, 맥주병들이랑, 부엌의 지저분한 꼴!' 운운하면서, 눈 가리고 아웅하듯 우물거리는 거 말이야! (스텔라는 확신 없이 웃으며 빗자루를 집어 손에서 빙빙 돌린다.)

블랑시 너 일부러 내 앞에서 그거 흔드는 거니?

스텔라 아니.

블랑시 그만 해. 빗자루는 내버려 둬. 그 작자를 위해서 네가 청소하게는 안 할 거야!

스텔라 그럼 누가 하는데? 언니가 할 거야?

블랑시 내가? 내가!

스텔라 아니, 그럴 리가 없지.

블랑시 아, 생각 좀 해 보자. 머리가 제대로 움직여 준다면! 돈이 좀 있어야겠다, 그게 빠져나갈 수 있는 길이야!

스텔라 돈이란 있으면 언제든 좋은 거지.

블랑시 내 말 들어 봐. 나한테 생각이 있거든. (손을 떨며 담배를 담뱃대 물부리에 비틀어 넣는다.) 셰프 헌틀리 기억나니? (스텔라가 고개를 젓는다.) 물론 셰프 헌틀리라고 기억할 거야. 나 대학 때 그 사람이랑 데이트하면서 한동안 그 사람 배지를 달고 다녔어. 그런데…… .

스텔라 그런데?

블랑시 지난겨울에 우연히 만났어. 너 내가 크리스마스 휴가 때 마이애미에 간 거 아니?

스텔라 몰라.

블랑시 그래, 갔어. 난 여행을 투자라고 생각했거든. 백만장자를 만나기 바라면서 말이지.

스텔라 그랬어?

블랑시 그래. 셰프 헌틀리하고 마주친 거야. 크리스마스

이브 해질 무렵에 비스케인가에서. 자기 차에 올라타는데 우연히 만났어. 캐딜락 컨버터블인데 차 길이가 한 블록은 되더라!

스텔라 운전하기 힘들었겠네.

블랑시 넌 유전이란 거 들어 봤니?

스텔라 응, 건너 건너 들어 봤어.

블랑시 그 사람, 텍사스 전역에 유전이 있대. 텍사스에선 그 사람 주머니로 황금이 쏟아져 들어간다니까.

스텔라 어머, 어머.

블랑시 내가 돈에 얼마나 관심이 없는지 너 알지. 난 돈이 우리에게 뭘 해 줄 수 있나 하는 관점에서 생각하거든. 하지만 그 사람은 할 수 있을 거야, 확실히 할 수 있을 거라고!

스텔라 뭘 할 수 있다는 거야, 언니?

블랑시 우리한테, 가게를 차려 주는 거 말이야!

스텔라 어떤 가게 말이야?

블랑시 음, 어떤 가게든지! 자기 마누라가 경마에 쏟아 버리는 돈의 반만 있어도 해 줄 수 있어.

스텔라 그 사람 결혼했어?

블랑시 얘, 그 사람이 독신이면 내가 이러고 있겠니? (스텔라가 조금 웃는다. 블랑시가 갑자기 뛰어 일어나더니 전화기로 달려간다. 날카롭게 말한다.) 웨스턴 유니언에 전화하려면 어떻게 하지? 교환! 웨스턴 유니언이요!

스텔라 다이얼식 전화야, 언니.

블랑시 난 다이얼 돌릴 줄 몰라. 나는 너무…….

스텔라 그냥 0만 돌려.

블랑시 0?

스텔라 그래, '0'이 교환이야! (블랑시는 잠깐 생각하더니 전화를 내려놓는다.)

블랑시 연필 좀 줘 봐. 메모지는 어디 있어? 먼저 써 놔야겠다. 전보문 말이야…….

(화장대로 가서 화장지 한 장과 눈썹 그리개를 필기도구로 쓰려고 집는다.)

어디 보자……. (연필을 깨문다.) "친애하는 셰프에게. 동생과 나는 최악의 상태에 있음."

스텔라 무슨 말이야!

블랑시 "동생과 나는 최악의 상태에 있음. 상세한 내용은 추후에 설명하겠음. 관심이 있으시면…… (연필을 다시 깨문다.) 관심이 있으시면……." (연필을 탁자 위에 내던지면서 벌떡 일어난다.) 직접적으로 말하면 절대로 성공 못하지!

스텔라 (웃으면서) 언니, 웃기지 좀 마.

블랑시 뭔가를 생각해 내야겠어. 무언가를, 생각해 내야 한다고! 스텔라, 날 보고, 웃지 마, 웃지 마! 제발, 제발 웃지 마. 너, 내 지갑에 뭐가 들어 있나 좀 봐! 들어 있는 게 이거야. (지갑을 열어젖힌다.) 초라한 동전 65센트가 다야!

스텔라 (옷장으로 걸어가면서) 스탠리가 나한테 정기적으로 주는 생활비는 없어. 자기가 돈 내는 걸 좋아하거든, 하지만 어제 잘못을 얼버무리려고 오늘 아침에 10달러를 줬어. 언니가 5달러 가져. 나머진 내가 가질게.

블랑시 아니, 아니야. 아니야, 스텔라.

스텔라 (고집을 부리며) 주머니에 돈 몇 푼 있는 게 얼마나 힘이 되는데.

블랑시 아니, 됐어. 차라리 길거리로 나가겠어!

스텔라 말이 되는 소릴 해! 왜 그렇게 돈이 없는 거야?

블랑시 돈이 그냥 없어지더라. 여기저기로 말이야. (앞이마를 문지른다.) 오늘은 두통약이 있어야겠어!

스텔라 지금 하나 사다 줄게.

블랑시 아직 아냐, 지금은 계속 생각을 해야 해!

스텔라 그냥 좀 놔둬 봐, 적어도 잠시라도 말이야…….

블랑시 스텔라, 난 그 인간이랑은 못 살겠어! 너는 살 수 있겠지, 네 남편이니까. 하지만 어젯밤 그러고도 내가 어떻게 커튼만 사이에 두고 그 사람이랑 여기 같이 있을 수가 있니?

스텔라 언니, 언니가 어젯밤 본 건 스탠리의 최악의 모습이야.

블랑시 천만에, 최고의 모습을 본 거야! 그런 남자가 줄 수 있는 것은 동물적인 힘인데 그걸 멋지게 보여 주더구나! 그런 남자랑 유일하게 같이 살 수 있는 길은, 같이 자는 거야! 그런데 그건 네가 할 일이지, 내 일이 아니라고!

스텔라 좀 쉬고 나면, 다 잘될 걸 알게 될 거야. 여기 있는 동안은 아무것도 걱정할 필요 없어. 내 말은, 돈 같은 거 말이야…….

블랑시 우리 둘 다를 위해서 계획을 세워야 해. 둘 다 빠져나가려면 말이야!

스텔라 내가 벗어나고 싶어 한다고 단정을 짓는군.

블랑시 난 네가 아직도 벨 리브에 대한 기억을 많이 갖고 있어서 이런 집과 포커 치는 남자들하고는 당연히 함께 할 수 없다고 단정하는 거야.

스텔라 언니는 너무 많은 것을 단정 짓고 있어.

블랑시 네 말이 진심이라고는 못 믿겠다.

스텔라 못 믿는다고?

블랑시 어떻게 일이 벌어졌는지는 알겠어, 대충은. 군인이었을 때 그 사람을 만난 거지, 여기가 아니고…….

스텔라 내가 어디서 그 사람을 만났든지 아무 상관없어.

블랑시 두 사람 사이에 신비한 전기가 통했다 뭐 그런 말은 하지 마! 그런 말 하면 대 놓고 웃어 줄 거야.

스텔라 그 일에 대해서는 이제 아무 말도 하지 않을 거야.

블랑시 그래 좋아, 그러면, 하지 마!

스텔라 하지만 남자 여자 사이에는 어두운 데서 벌어지

는 일들이 있다고. 다른 모든 것은 중요하지 않게 만드는 그런 것 말이야. (사이)

블랑시 네가 지금 말한 건 동물적인 욕망, 그냥 욕망일 뿐이야! 좁은 길을 오르락내리락하면서 프렌치 쿼터 지역을 쿵쿵거리며 달리는 저 낡아 빠진 전차 이름 말이야…….

스텔라 언니는 그 전차 한 번도 안 타 봤어?

블랑시 그걸 타고 여기로 왔지. 나를 원하지도 않고, 지내기에도 창피한 이곳으로…….

스텔라 언니의 그 오만한 태도가 좀 어울리지 않는다는 생각은 안 들어?

블랑시 내가 잘난 척하는 것도 아니고 그렇게 느끼는 것도 아니야, 스텔라. 믿어 줘, 아니라고! 그냥 이런 거야. 나는 이렇게 보는 거야. 그런 남자는 정신이 나갔을 때 한 번이나 두 번, 세 번 정도 데이트나 할 상대지. 그런데 같이 산다고? 아기까지 갖고?

스텔라 그 사람을 사랑한다고 말했잖아.

블랑시 그러니 걱정이 돼! 그저, 걱정이 될 뿐이야…….

스텔라 언니가 걱정한데도 어쩔 수 없어.

(사이)

블랑시 내가, 솔직하게 말해도 되겠니?

스텔라 물론, 그래. 말해 봐. 언니가 원하는 만큼 솔직하게.

(바깥에서는 기차가 가까이 온다. 기차 소리가 잦아들 때까지 둘 다 침묵한다. 두 사람은 침실에 있다.)

(기차 경적 소리가 나는 사이 바깥에서 스탠리가 들어온다. 여자들의 눈에 띄지 않는 곳에 서서 팔에는 짐 꾸러미를 든 채 이어지는 대화를 엿듣는다. 러닝셔츠와 기름때가 묻은 얼룩무늬 바지를 입고 있다.)

블랑시 그래, 미안한 말이지만, 그 사람은 천박해!

스텔라 글쎄, 그래, 아마 그럴 거라고 생각해.

블랑시 아마라고! 그 사람한테 신사 같은 구석이 있다고 생각할 정도로 우리가 어떻게 자랐는지 잊은 건 아니겠지. 스텔라! 티끌만큼도 없어, 없다고! 아니, 그저 그 사람이, 보통만 되더라도! 그저 평범하고 착하고 건전하기만 해도, 그런데, 아니야. 그 사람한테는 노골적으로, 짐승 같은 면이 있다니까! 내가 이런 말 하는 게 싫지, 그렇지?

스텔라 (냉정하게) 계속해 봐, 언니.

블랑시 그 작자는 짐승처럼 행동하고, 짐승 같은 습성을 가졌어! 짐승같이 먹고, 짐승처럼 움직이고, 짐승처럼 말한다니까! 아직 인간의 단계에 도달하지 못한 뭔가, 인간 이하의 뭔가가 있다니까! 그래, 인류학 책에서 본 적이 있는 그림같이, 뭔가 유인원 같은 면이 있어! 수천, 수만 년의 세월이 그를 비껴가 버렸어. 그리고 여기 석기시대에서 살아남은 스탠리 코왈스키가 있는 거야! 정글에서 사냥감을 잡아 생고기째로 집에 들고 오지! 그리고, 그리고 너는, 너는 여기서, 그 사람을 기다리고 있고! 그 인간은 너를 때리기도 하고 웅얼웅얼 대기도 하고, 키스를 하기도 하겠지! 그때도 키스라는 게 있었다면 말이야! 밤이 되면 다른 유인원들이 모여들겠지! 저기 동굴 앞에서, 그 인간처럼 꿀꿀대고 꿀꺽꿀꺽 마시고 씹고 어슬렁거리겠지! 네가 포커 파티라고 하는 거! 그건 유인원들의 잔치야! 하나가 으르렁대면, 다른 하나는 뭔가를 낚아채고, 싸움이 시작되는 거지. 맙소사! 우리가 하느님의 형상과는 멀리 떨어져 있겠지만, 스텔라, 내 동생아, 그때 이후로 약간의 진보란 게 있었단다! 예술 같은 것들, 시나 음악 같은, 그런 새로운 광채가 그 이후로 이 세상에 들어왔거든! 어떤 사람들 안에서는 부드러운 감정이 싹트기 시작했다고! 그걸 우리는 키워야 해! 그리고 매달려서 우리의 깃발로 삼고 지켜야 해! 우리가 가까이 다가가는 것이 무엇이든지 간에, 그것을 향한 이 어두운 행진에서……. 짐승들과 함께 뒤쳐져선 안 돼!

(밖에서 기차가 또 한 대 지나간다. 스탠리가 입술에 침을 바르며, 머뭇거린다. 그리고 갑자기 슬그머니 돌아서 현관문으로 빠져나간

다. 여자들은 아직도 스탠리가 있는지 모른다. 기차가 지나가자 스탠리는 닫힌 현관문을 통해서 부른다.)

스탠리 이봐! 이봐, 스텔라!

스텔라 (심각하게 블랑시의 말을 듣고 있다가) 스탠리!

블랑시 스텔라, 나는…….

(그러나 스텔라는 현관문으로 나간다. 스탠리가 짐을 들고 아무렇지도 않은 듯이 들어온다.)

스탠리 안녕, 스텔라. 처형은 돌아왔어?

스텔라 응, 왔어.

스탠리 안녕하슈. (블랑시를 보고 씩 웃는다.)

스텔라 차 밑에 들어갔다 왔나 봐.

스탠리 프리츠 정비소의 기사 녀석들은 쥐뿔도 모르더라니까, 이봐!

(스텔라는 블랑시가 훤히 보는 데서 양팔로 격렬하게 스탠리를 껴안는다. 스탠리는 웃으면서 스텔라의 머리를 자기에게로 당겨 끌어안는다. 스텔라 머리 너머로 스탠리가 커튼 틈새를 통해 블랑시에게 씩 웃는다.)

(둘이 껴안고 있는 위로 밝은 빛이 남아 있는 채, 조명이 서서히 희미해질 때 「블루 피아노」와 트럼펫, 드럼 소리가 들린다.)

5장

블랑시가 침실에 앉아 종려나무 잎으로 부채질을 하며 방금 쓴 편지를 읽고 있다. 갑자기 웃음을 터뜨린다. 스텔라는 침실에서 옷을 입고 있다.

스텔라 뭘 보고 그렇게 웃는 거야, 언니?

블랑시 나 자신, 거짓말을 너무 잘하는 나 자신을 보고! 지금 셰프한테 편지를 쓰는 중이야. (편지를 집어 든다.) "친애하는 셰프. 나는 이곳저곳 바쁘게 다니면서, 여행으로 여름을 보내고 있어요. 그러다 누가 알겠어요, 댈러스로 갑자기 쳐들어가게 될지도 모르죠! 어떻게 생각하세요? 하하! (실제로 셰프에게 말하듯이 목을 쓰다듬으며, 불안해하면서도 밝게 웃는다.) '사전 경고는 곧 사전 무장이다.'라는 격언대로!" 어떠니?

스텔라 으음, 저어…….

블랑시 (불안정하고 흥분한 상태로 계속한다.) "내 동생 친구들은 대부분 여름에 북부로 가지만 멕시코 만에 집이 있는 사람들도 있어서 계속해서 연회에 다과 모임, 칵테일파티, 오찬 모임이 이어진답니다……."

(위층 허벨의 집에서 요란한 소리가 들린다.)

스텔라 유니스가 스티브랑 싸우나 봐.

(유니스가 무섭게 화가 나서 소리 지른다.)

유니스 당신과 금발 계집 얘길 들었다고!

스티브 그건 다 거짓말이야!

유니스 내 눈은 못 속이지! 당신이 포 듀스 아래층에만 있으면 신경 안 써. 하지만 당신은 언제나 기어 올라간다니까.

스티브 내가 올라가는 걸 누가 봤는데?

유니스 당신이 발코니에서 그년 쫓아다니는 꼴을 내가 봤다니까. 풍기 단속반을 부를 거야!

스티브 그거 던지기만 해 봐!

유니스 (비명을 지른다.) 네놈이 나를 쳐! 경찰을 부를 거야!

(알루미늄이 벽에 부딪히는 소리가 들리고 곧 화난 남자의 고함 소리, 외침, 가구 뒤엎는 소리가 뒤를 잇는다. 요란한 소리가 나더니 다시 잠잠해진다.)

블랑시 (명랑하게) 여자를 죽였나?

(유니스가 계단 위에 신들린 것처럼 엉망이 되어 나타난다.)

스텔라 아니! 지금 계단을 내려오고 있어.

유니스 경찰을 불러. 나 경찰을 부를 거야. (모퉁이를 급하게 돌아간다.)

(블랑시와 스텔라는 경쾌하게 웃는다. 스탠리가 초록색과 진홍색의 실크 볼링 셔츠를 입고 모퉁이를 돌아온다. 스탠리는 계단을 빠른 걸음으로 올라와 큰 소리를 내며 부엌으로 들어간다. 블랑시는 그가 들어오는 것을 보자 불안한 몸짓을 한다.)

스탠리 유니스는 왜 그래?

스텔라 스티브랑 대판 싸웠어. 유니스가 경찰을 불렀나?

스탠리 아니, 술 마시고 있던데.

스텔라 그게 훨씬 실속 있네!

(스티브가 앞이마의 멍든 곳을 쓰다듬으며 내려오더니 문 안을 들여다본다.)

스티브 그 여자 여기 있나?

스탠리 아니, 아니. 포 듀스에 있어.

스티브 망할 놈의 계집 같으니! (약간 겁먹은 듯이 모퉁이를 바라보다가 용감한 척 돌아서서 여자를 찾으러 달려간다.)

블랑시 공책에 적어 놓아야겠다. 하하! 여기서 주워듣는 생소한 단어나 표현들을 공책에다 적고 있어요.

스탠리 전에 못 들어 본 말은 없을 텐데요.

블랑시 그 말을 믿어도 될까요?

스탠리 500단어까지는 믿어도 될 거요.

블랑시 무척 많은 숫자군요. (스탠리는 옷장을 확 열어젖히더니 쾅 닫고 신발을 귀퉁이에 던져 놓는다. 소리가 날 때마다 블랑시는 조금씩 움츠린다. 마침내 블랑시가 입을 연다.) 어떤 자리에서 태어났죠?

스탠리 (옷을 입으면서) 자리?

블랑시 별자리 말이에요. 당신은 백양궁 자리에서 태어났을 거예요. 백양궁 사람들은 힘이 세고 정력적이죠. 시끄러운 것도 좋아하고. 쾅쾅 치면서 다니길 좋아하죠! 당신은 군에 있을 때 쾅쾅 소리깨나 내며 다녔을 게 틀림없어요. 이제 제대를 했으니 대신 물건들을 거칠게 다루는군요!

(스텔라는 이 장면에서 붙박이장을 들락날락거린다. 이제 장 밖으로 고개를 바깥으로 내민다.)

스텔라 스탠리는 크리스마스 날에서 오 분 지나 태어났어.

블랑시 마갈궁, 염소자리군요!

스탠리 처형은 어느 자리 때 태어났소?

블랑시 아, 내 생일은 다음 달, 9월 15일이에요. 그날은 처녀궁이죠.

스탠리 처녀궁이 뭐요?

블랑시 처녀궁은 처녀자리란 뜻이에요.

스탠리 (경멸하듯이) 하! (넥타이를 매면서 앞으로 조금 다가선다.) 이봐요, 혹시 쇼란 이름 가진 사람 아시오?

(블랑시의 얼굴에 약간 충격받은 표정이 나타난다. 조심스레 대답하면서 향수병을 들어 손수건을 적신다.)

블랑시 물론, 쇼란 이름을 가진 사람은 누구나 알고 있죠!

스탠리 글쎄, 이 쇼란 사람이 처형을 로렐에서 만난 것 같다는군요. 하지만 내 생각에는 이 친구가 처형을 다른 사람과 헷갈린 것 같아. 왜냐하면 그 사람을 플라밍고라는 호텔에서 만났다거든.

(블랑시는 향수를 뿌린 손수건을 관자놀이에 대고 숨이 넘어가게 웃는다.)

블랑시 그분이 나를 그 '다른 사람'과 혼동한 것 같군요. 플라밍고 호텔은 내가 감히 갈 만한 곳이 아니거든요!

스탠리 처형도 그곳을 알고 있소?

블랑시 그래요, 보기도 했고 냄새도 맡았어요.

스탠리 냄새를 맡았다니 꽤나 가까이 간 모양이군.

블랑시 싸구려 향수 냄새는 파고드니까요.

스탠리 처형이 쓰는 건 비싼 거요?

블랑시 1온스에 25달러예요! 거의 다 썼어요. 내 생일을 기억해 주겠다면 그걸 힌트로 드리죠! (쾌활하게 말하지만 목소리에는 두려운 기색이 있다.)

스탠리 쇼가 혼동한 모양이오. 그자는 로렐을 늘 드나드니까 확인해 보고 오해가 있었다면 바로잡을 거요.

(그는 돌아서서 칸막이 쪽으로 간다. 블랑시는 실신할 듯 두 눈을 감는다. 손수건을 이마에 가져다 대는 손이 떨린다.

(스티브와 유니스가 모퉁이를 돌아 나온다. 스티브의 손이 유니스의 어깨를 감싸고 있다. 여자는 마음껏 울고 남자는 달콤한 말로 달랜다. 꼭 껴안고 둘이 2층으로 천천히 올라갈 때 천둥소리가 작게 난다.)

스탠리 (스텔라에게) 포 듀스에서 기다릴게.

스텔라 이봐요! 키스 한 번 안 해 줄 거야?

스탠리 당신 언니 앞에서는 안 해.

(스탠리가 퇴장한다. 블랑시가 의자에서 일어난다. 기절할 것같이 보인다. 공포에 질린 듯한 표정으로 주위를 둘러본다.)

블랑시 스텔라! 나에 대해서 무슨 얘길 들었니?

스텔라 응?

블랑시 사람들이 나에 대해서 무슨 말을 한 거니?

스텔라 무슨 말?

블랑시 나에 대해서 안 좋은, 소문 들은 거 없니?

스텔라 아니, 없어, 언니, 없고말고!

블랑시 얘야, 로렐에서는, 말이 무척 많았어.

스텔라 언니에 대해서 말이야?

블랑시 벨 리브가 내 손에서 빠져나가기 시작하면서 지난 이 년 동안 난 그리 바르게 살지 못했어.

스텔라 모두들 그렇잖아…….

블랑시 전혀 강하거나 자립적이지 못했어. 사람이 여리면, 여린 사람들은 희미한 빛을 발하거나 반짝거려야만 해. 나비 날개는 부드러운 색을 띠어야만 하고 불빛 위에 종이 갓을 씌워야만 해……. 여린 것만으로는 충분치 않거든. 여리면서도 매력적이어야 해. 그리고 나는, 나는 이제 시들어 가고 있어! 얼마나 더 눈속임을 할 수 있을지 모르겠다.

(오후가 황혼이 되어 간다. 스텔라는 침실로 들어가 종이 갓을 단 전등을 켠다. 음료수 병을 손에 들고 있다.)

블랑시 내 말 듣고 있는 거니?

스텔라 언니가 병적으로 우울해할 때는 언니 말 안 들을 거야! (콜라 병을 들고 다가온다.)

블랑시 (갑자기 명랑해지면서) 그 콜라 내 거니?

스텔라 언니 거지 누구 거겠어!

블랑시 이런, 귀여운 것! 그냥 콜라니?

스텔라 (돌아서며) 술을 섞고 싶구나!

블랑시 술 섞는다고 콜라 맛을 버리는 건 아니야! 내가 할게! 내 시중들 필요 없어!

스텔라 난 언니 시중을 들고 싶어. 그러면 친정에 있는 기분이야. (부엌으로 들어가서, 유리잔을 찾아 위스키를 조금 따른다.)

블랑시 실은 대접받는 걸 좋아한단다…… .

(블랑시는 침실로 달려 들어간다. 스텔라가 유리잔을 들고 블랑시에게로 간다. 블랑시는 신음 소리를 내면서 갑자기 스텔라의 빈손을 붙잡더니 자신의 입술에 대고 누른다. 스텔라는 언니의 감정 표현에 당황해한다. 블랑시가 목이 멘 소리로 이야기한다.)

너는, 너는, 나한테 너무 잘하는구나. 그에 비해 나는…… .

스텔라 언니.

블랑시 알았어, 안 그럴게! 내가 감상적으로 말하는 걸 넌 싫어하지! 하지만 얘야, 네게 말하는 것 이상으로 내가 통감하고 있다는 걸 믿어 줘! 난 오래 있지 않을 거야! 있지 않을 거야, 약속해…….

스텔라 언니!

블랑시 (히스테릭하게) 오래 있지 않을 거야, 약속해, 난 갈 거라고! 곧 떠날 거야! 정말로 갈 거야! 그자가, 나를 내쫓을 때까지 머물러 있지는 않을 거야…….

스텔라 바보 같은 소리 좀 그만할래?

블랑시 알았어. 조심해서 부어, 거품이 넘치잖아!

(블랑시가 날카롭게 웃으며 유리잔을 잡는다. 하지만 손이 떨려 잔을 떨어뜨릴 뻔한다. 스텔라가 콜라를 유리잔에 따른다. 거품이 넘쳐서 흘러내린다. 블랑시가 찢어지는 듯한 비명을 지른다.)

스텔라 (비명 소리에 놀라서) 어머나!

블랑시 내 예쁜 흰 치마에 바로 쏟아져 버렸네!

스텔라 이런……. 내 손수건을 써. 조심해서 닦아…….

블랑시 (서서히 침착함을 되찾으면서) 알아, 조심스럽게, 조심스럽게…….

스텔라 얼룩이 질까?

블랑시 전혀 아니야. 하하! 다행이지 않니? (몸을 떨며 앉아서 기분 좋게 술을 마신다. 유리잔을 양손으로 잡고서 계속 조금씩 웃는다.)

스텔라 왜 그렇게 소리를 질렀어?

블랑시 왜 소리를 질렀는지 나도 모르겠어! (히스테릭하게) 미치, 미치가 7시에 온대. 그냥 우리 관계에 대해서 신경이 예민해져 있었나 봐. (재빨리 숨 가쁘게 말하기 시작한다.) 그 사람한테 작별 키스 밖에는 안 해 줬어. 그게 다야, 스텔라. 그 사람이 날 존중해 주길 바라. 남자들은 쉽게 얻을 수 있는 건 원하지 않거든. 하지만 한편으론 흥미를 금방 잃어버리지. 특히 여자가 서른이 넘었을 때에는 말이야. 서른이 넘은 여자는, 속된 말로, '아무하고나' 잠자리를 같이 해야 한다는 거지……. 그런데 나는, 나는 '아무하고나' 자지는 않아. 물론 그 사람, 그 사람은 모르고 있어, 내가 진짜 나이를, 알려 주지 않았어!

스텔라 언니는 왜 그렇게 나이에 민감해?

블랑시 자존심에 상처를 입었기 때문이야. 내 말은, 그 사람은 나를, 깔끔하고 단정한 여자로 알고 있거든! (날카롭게 웃어 댄다.) 나는 그 사람이 나를 원하게끔 속이고 싶다고…….

스텔라 언니, 그 사람을 원해?

블랑시 난 쉬고 싶어! 난 다시 조용히 살고 싶어! 그래, 나는 미치를…… 간절히 원해! 생각해 봐! 그렇게 된다면! 여기를 떠나서 누구에게도 골칫거리가 되지 않을 수 있잖아…….

(술을 한잔 걸친 스탠리가 모퉁이를 돌아서 나온다.)

스탠리 (큰 소리로) 어이, 스티브! 어이, 유니스! 어이, 스텔라!

(위층에서 즐거운 소리들이 들린다. 트럼펫과 드럼 소리가 모퉁이 뒤편으로 들린다.)

스텔라 (블랑시에게 충동적으로 입을 맞추며) 그렇게 될 거야!

블랑시 (의심스러운 듯이) 그럴까?

스텔라 그렇고말고! (뒤돌아 블랑시를 보며 부엌으로 건너간다.) 그렇게 될 거야, 언니, 그렇게 돼……. 하지만 술은 더 마시지 마! (남편을 마중하러 문밖으로 나서느라 목소리가 잦아든다.)

(블랑시는 술잔을 든 채 의자에 힘없이 기대어 앉는다. 유니스는 예리한 웃음소리를 내며 계단을 뛰어 내려온다. 스티브가 염소 같은 소리를 질러 대며 유니스를 따라 뛰어 내려와 모퉁이를 돌아서 그녀를 쫓아간다. 스탠리와 스텔라가 팔짱을 끼고 웃으며 뒤를 따른다.)

(땅거미가 짙게 깔린다. 포 듀스에서 느리고 우울한 음악이 흘러나온다.)

블랑시 아아, 나는, 아아, 나는…….

(블랑시의 눈이 감기면서 종려나무 잎 부채가 손에서 떨어진다. 손으로 의자 팔걸이를 몇 번 때린다. 건물 주위에 번개가 약하게 번

쩍인다.)

(한 젊은이가 길을 걸어와 벨을 누른다.)

블랑시 들어와요.

(젊은이가 칸막이 사이로 나타난다. 블랑시는 관심 있게 그를 쳐다본다.)

블랑시 그런데, 어떻게 오셨죠?

젊은이 《이브닝 스타》 수금하러 왔습니다.

블랑시 별들이 수금하는 건 몰랐네요.

젊은이 신문입니다.

블랑시 알아요. 그냥 농담 좀 한 거예요. 한잔…… 할래요?

젊은이 아닙니다, 사모님. 괜찮습니다. 일하는 중에는 못 마시게 되어 있습니다.

블랑시 어머, 그러면, 어디 보자……. 동전이 한 닢도 없네! 내가 이 집 안주인이 아니거든. 난 미시시피에서 온 집주인 여자의 언니죠. 가난한 친척이란 말 당신도 들어 봤겠죠. 나는 그런 사람이에요.

젊은이 괜찮습니다. 나중에 다시 오겠습니다. (나가려고 한다. 블랑시가 조금 다가간다.)

블랑시 이봐요! (젊은이가 수줍어하면서 돌아선다. 블랑시는 긴 담뱃대에 담배를 꽂는다.) 라이터 좀 빌려줄래요? (블랑시가 그에게 다가간다. 두 사람은 두 방 문 사이에서 마주 본다.)

젊은이 그럼요. (라이터를 꺼낸다.) 잘 안 켜질 때도 있어요.

블랑시 변덕을 부리나 보지? (불이 켜진다.) 아! 고마워요. (젊은이는 다시 나가려고 한다.) 이봐요! (젊은이는 여전히 주저하며 다시 돌아선다. 블랑시가 그에게 가까이 다가선다.) 저, 몇 시나 됐죠?

젊은이 7시 십오 분 전입니다, 사모님.

블랑시 그렇게나 늦었나? 뉴올리언스의 비 오는 오후를 좋아하지 않나요? 한 시간이 그냥 한 시간이 아니라 마치 영원의 작은 조각이 손에 쥐어진 것 같고, 그리고 그걸로 뭘 해야 할지 모르잖아요. (블랑시가 젊은이의 어깨를 만진다.) 비에 젖지 않았나요?

젊은이 아닙니다, 사모님. 안에 들어가 있었어요.

블랑시 가게에요? 소다수를 마셨나요?

젊은이 아, 네.

블랑시 초콜릿?

젊은이 아닙니다. 사모님. 체리요.

블랑시 (웃으면서) 체리라!

젊은이 체리 소다요.

블랑시 군침이 도네. (젊은이의 빰을 가볍게 만지며 미소 짓는다. 그러고는 트렁크를 향해 간다.)

젊은이 저는 가야겠습니다…….

블랑시 (그를 가로막으며) 젊은이!

(젊은이가 돌아선다. 블랑시는 크고 얇은 천 스카프를 트렁크에서 꺼내서 어깨에 두른다.)

(이어지는 침묵 속에 「블루 피아노」가 들린다. 나머지 장면과 다음 장 도입부까지 음악은 계속된다. 젊은이는 헛기침을 하며, 몹시 나가고 싶은 듯 현관문을 바라본다.)

젊은이! 젊은, 젊은, 젊은이! 당신 보고 아라비안 나이트에 나오는 젊은 왕자같이 생겼다고 말해 준 사람은 없던가요?

(젊은이는 거북해하며 웃고, 수줍은 아이처럼 서 있다. 블랑시가 부드럽게 말을 건넨다.)

그대가 그렇다니까, 귀여운 친구! 이리 와 봐요. 입 맞추고 싶어, 딱 한 번만. 부드럽고 달콤하게 그대 입에다!

(젊은이의 허락을 기다리지 않고, 재빨리 다가가서 그의 입에 입술을 갖다 댄다.)

자, 뛰어가, 자, 어서 빨리! 너를 붙잡아 두면 좋겠지만, 난 정숙해야 하니까…… 애들한테는 손을 대지 말아야지.

(젊은이가 블랑시를 잠깐 바라본다. 블랑시는 문을 열어 주고는 어리둥절한 표정으로 계단을 내려가는 그를 향해 키스를 보낸다. 젊은이가 사라진 뒤 블랑시는 꿈꾸는 듯한 표정으로 서 있다. 곧 미치가 장미 꽃다발을 들고 모퉁이를 돌아서 나타난다.)

블랑시 (명랑하게) 이게 누구세요! 나의 장미 기사님! 먼저 내게 절하고…… 이제 꽃을 주세요! 아아아, 메르시이이이!

(블랑시는 꽃다발 너머로 남자를 바라보며 교태를 부리면서 꽃을 자기 입술에 갖다 댄다. 미치는 어색하게 블랑시에게 미소를 보낸다.)

6장

같은 날 밤 새벽 2시경. 건물의 외벽이 보인다. 블랑시와 미치가 들어온다. 블랑시의 목소리와 태도에서 신경쇠약에 걸린 사람만이 보이는 탈진 현상이 분명하게 드러난다. 미치는 무덤덤하지만 우울한 상태다. 사격장이나 축제에서 경품으로 받았을 법한 매 웨스트의 석고상을 미치가 거꾸로 들고 있는 것으로 봐서 둘은 폰차트레인 호수의 놀이공원에 갔다 온 것이 틀림없다.

블랑시 (층계에서 힘없이 멈춰서) 저어…….

(미치가 어색하게 웃는다.)

저어…….

미치 꽤 늦었네요. 피곤하겠어요.

블랑시 타말레 장사도 길에 없네요. 늦게까지 남아 있는 사람인데. (미치는 다시 어색하게 웃는다.) 집에는 어떻게 갈 거예요?

미치 버번에 걸어가서 심야 차를 탈 거예요.

블랑시 (기분 나쁘게 웃으며) 욕망이라는 이름의 전차는 이 시간에도 삐걱거리며 선로 위를 달리나요?

미치 (침울하게) 오늘 저녁, 별로 재미없었지요, 블랑시.

블랑시 내가 당신 시간을 망쳐 놓았지요.

미치 아니요, 그렇지 않아요. 내가 당신을 충분히 즐겁게 해 주지 못한다는 생각이 계속 들었어요.

블랑시 그냥 기분이 나지 않았어요. 그뿐이죠. 흥을 내려고 그렇게 노력했는데도 비참하게 실패한 건 처음이에요. 노력한 걸로 치면 10점 만점이죠! 난 정말 애썼어요.

미치 기분도 안 나면서 왜 애를 썼나요?

블랑시 자연법칙에 순종했을 뿐이에요.

미치 그게 무슨 법칙이에요?

블랑시 숙녀는 신사를 즐겁게 해 줘야 한다, 그렇지 않으면 안 된다는 법이죠! 내 핸드백에서 열쇠 좀 찾아봐요. 정말 피곤할 때는 손가락이 다 무뎌진다니까요!

미치 (핸드백을 뒤지며) 이거요?

블랑시 아니요, 그건 내가 곧 짐을 싸야 하는 여행 가방 열쇠예요.

미치 곧 여기를 떠난다는 말이에요?

블랑시 환영받기엔 너무 오래 있었죠.

미치 그래요?

(음악이 점점 작아진다.)

블랑시 바로 그거예요! 내가 마지막으로 하늘 한 번 쳐다볼 동안 문을 열어 줘요. (현관 난간에 기대선다. 미치가 현관문을 열고 어색하게 블랑시 뒤에 서 있다.) 플레이아데스 성단의 일곱 자매 별을 찾고 있어요. 그런데 오늘 밤에는 아가씨들이 나오지 않았군요. 아, 저기 있네요. 저기 있어요! 고맙기도 하지! 다들 카드놀이를 마치고 집으로 돌아가나 봐요…… 문 열었어요? 잘했어요! 당신은…… 집에 가야겠지요…….

(미치는 이리저리 움직이며 기침을 한다.)

미치 작별…… 키스를 해도 될까요?

블랑시 뭘 해도 되느냐고 왜 항상 물어보죠?

미치 당신이 원하는지 않는지 잘 모르겠어요.

블랑시 왜 그렇게 자신이 없죠?

미치 내가 호수 옆에 차를 세운 다음 키스한 날 밤, 당신이……

블랑시 이봐요, 내가 싫었던 건 키스가 아니었어요. 키스는 아주 좋았어요. 허물없이 구는 다른 행동들을 저지해야겠다고 느낀 거예요……. 불쾌했던 건 아니에요! 전혀 아니죠! 실은 당신이 나를 원했다는 것에 대해서 기분이 좋았어요! 하지만, 독신녀가, 세상에 혼자인 여자가 자기감정을 절제하지 못하면, 그 여자는 타락하는 거죠!

미치 (진지하게) 타락한다고요?

블랑시 당신은 타락하고 싶어 하는 여자들에게 익숙한가 보군요. 첫 데이트에서부터 타락하려는 여자들 말이에요!

미치 나는 당신 있는 그대로가 좋아요. 왜냐면 제 평생에 당신 같은 사람은 처음이거든요.

(블랑시는 미치를 심각하게 바라보다 웃음보를 터뜨리더니 손으로 입을 막는다.)

미치 지금 비웃는 건가요?

블랑시 아니에요. 이 집 주인과 마님은 아직 돌아오지 않았으니 들어오세요. 우리 밤술이나 한잔해요. 불은 끈 채로 말예요. 어때요?

미치 좋을 대로 하세요.

(블랑시가 앞장서서 부엌으로 들어간다. 건물의 외벽이 사라지고 두 방의 내부가 희미하게 보인다.)

블랑시 (부엌 쪽 방에서) 저쪽 방이 더 안락하니까 들어가세요. 깜깜한 데서 덜그럭거리며 다니는 건 술을 찾으려는 거예요.

미치 술 마시고 싶어요?

블랑시 난 당신이 마셨으면 좋겠어요! 저녁 내내 근심이 가득하고 심각했잖아요. 나도 그랬고요. 둘 다 근심이 가득하고 심각했으니까 우리에게 마지막으로 남은 짧은 시간 동안만이라도 만들고 싶어요…… 주아 드 비브르![1] 촛불을 켜겠어요.

미치 좋아요.

블랑시 우리는 보헤미안이 되는 거예요. 파리의 센강 왼편 언덕에 있는 자그마한 예술가들의 카페에 앉아 있는 척하는 거예요! (블랑시는 양초 토막에 불을 붙여 병에다 꽂는다.) 주 쉬 라 담 오 카멜리아! 부 제트 아르망![2] 프랑스어 아세요?

미치 (침울하게) 아니요. 아니요, 저는…….

블랑시 불레 부 쿠셰 아베크 무아 스 수아르? 부 느 콩프르네 파? 아, 켈 도마주![3] 내 말은 정말 잘되었다는 거예

---

1) 삶의 즐거움.(joie de vivre.)

2) 나는 춘희! 당신은 아르망!(Je suis la Dame aux Camellias! Vous êtes Armand!)

요……. 술을 찾았어요! 더할 것도 없이 딱 두 잔 나오겠네요…….

미치 (침울하게) 다행이군요.

(블랑시가 술잔과 양초를 들고 침실로 들어온다.)

블랑시 앉아요! 겉옷을 벗고 옷깃도 좀 풀어 놓지 그래요?

미치 그냥 있을래요.

블랑시 아니, 난 당신이 편하게 있었으면 좋겠어요.

미치 땀을 흘린 게 부끄럽네요. 셔츠가 몸에 딱 달라붙었어요.

블랑시 땀을 흘리는 것은 건강한 거죠. 사람이 땀을 흘리지 않는다면 오 분 안에 죽는대요. (미치의 겉옷을 벗긴다.) 코트가 멋지군요. 옷감이 뭐죠?

미치 알파카라는 거예요.

블랑시 아, 알파카.

미치 굉장히 가벼운 알파카예요.

블랑시 가벼운 알파카.

미치 난 여름에도 물빨래해야 하는 재킷은 싫어요. 땀이 배기 때문이죠.

블랑시 아.

---

3) 오늘 밤 같이 보내지 않겠어요? 이해 못 하나요? 아, 이런!(Voulez-vous couchez avec moi ce soir? Vous ne comprenez pas? Ah, quelle dommage!)

미치 나한테는 어울리지 않아요. 덩치가 큰 사람은 꼴불견처럼 보이지 않게 옷 입는 데 신경을 써야 해요.

블랑시 그렇게 체격이 크지도 않은데요?

미치 그렇게 생각하세요?

블랑시 가냘픈 타입은 아니지요. 뼈대가 굵고 아주 당당한 풍채예요.

미치 고맙습니다. 지난 크리스마스 때 뉴올리언스 헬스클럽의 회원권을 선물 받았어요.

블랑시 아, 잘됐군요.

미치 여태껏 받은 선물 중 최고예요. 거기서 역기를 들거나 수영도 하고 몸매를 유지하려고 애쓰죠. 처음 시작했을 때는 배가 물렁거렸는데 이제는 딴딴해요. 지금은 너무 단단해서 다 큰 남자가 배를 때려도 아프지 않다니까요. 때려 봐요! 해 봐요! 그렇죠? (블랑시가 가볍게 미치를 쿡 찌른다.)

블랑시 어머나. (손으로 자기 가슴을 만진다.)

미치 내 몸무게가 얼마나 나갈지 맞혀 봐요, 블랑시.

블랑시 음, 80킬로그램 정도요.

미치 다시 맞혀 봐요.

블랑시 그만큼 안 돼요?

미치 더 많이 나가요.

블랑시 당신은 키가 크니까 몸무게가 많이 나가도 보기 흉하지 않아요.

미치 93킬로그램에 키는 신발 없이 맨발로 186센티미

터예요. 몸무게도 다 벗고 잰 거죠.

블랑시 어머나! 정말 대단하군요.

미치 (당황해하며) 내 몸무게가 재미있는 얘깃거리는 아니지요. (잠깐 망설이다가) 당신은 얼마나 되세요?

블랑시 내 체중이요?

미치 그래요.

블랑시 맞혀 봐요!

미치 내가 한번 들어 볼게요.

블랑시 삼손 씨! 그래요, 들어 보세요. (미치가 블랑시 뒤로 와서 손을 블랑시 허리에 대고 그녀를 가볍게 들어 올린다.) 어때요?

미치 깃털처럼 가볍네요.

블랑시 하하! (미치는 블랑시를 내려놓고도 여전히 그녀의 허리에 손을 대고 있다. 블랑시는 얌전한 척하며 말한다.) 이제 그만 놔주세요.

미치 네?

블랑시 (명랑하게) 손 놓으시라고 그랬습니다, 선생님. (미치가 어설프게 블랑시를 껴안는다. 블랑시는 부드럽게 나무라는 투로 이야기한다.) 자, 미치. 스탠리와 스텔라가 집에 없다고 해서 당신이 신사답게 굴지 않아도 된다는 법은 없지요.

미치 도가 지나칠 때마다 한 대씩 때리세요.

블랑시 그럴 필요는 없어요. 당신은 이 세상에 몇 안 남은 타고난 신사니까요. 내가 엄격한 노처녀 학교 선생 티를 낸다고 생각하면 싫어요. 그냥 단지……..

미치 네?

블랑시 단지 나는 낡아 빠진 이상을 간직하고 있는 것 같아요! (미치가 자신의 얼굴을 볼 수 없다는 것을 알고 눈동자를 굴린다. 미치는 현관문으로 나간다. 둘 사이에 상당한 침묵이 흐른다. 블랑시는 한숨을 쉬고 미치는 어색한 듯 기침을 한다.)

미치 (마침내) 스탠리와 스텔라는 오늘 밤 어디에 갔죠?

블랑시 다들 나갔어요. 2층에 사는 허벨 씨 부부랑 같이요.

미치 어디들 갔나요?

블랑시 로우 스테이트 극장에 심야 영화를 보러 가는 것 같았어요.

미치 언제 저녁 때 우리 다같이 외출합시다.

블랑시 아니요. 좋은 생각이 아니에요.

미치 왜 그렇죠?

블랑시 당신은 스탠리랑 오랜 친구죠?

미치 241부대에 같이 있었어요.

블랑시 스탠리는 당신에게 솔직하게 말하겠군요.

미치 물론이죠.

블랑시 당신에게 내 이야기를 하던가요?

미치 아, 많이는 안 했어요.

블랑시 당신 말하는 걸로 봐서, 많이 한 것 같은데요.

미치 아니요, 별로 안 했어요.

블랑시 그래도 뭔가 한 게 있잖아요. 나에 대한 그의 태도가 어떻다고 생각해요?

미치 왜 그런 질문을 하죠?

블랑시 글쎄…….

미치 스탠리랑 사이가 좋지 않으신가요?

블랑시 어떻게 생각하세요?

미치 스탠리는 당신을 이해하지 못하는 것 같아요.

블랑시 좋게 말해서 그렇죠. 스텔라가 임신하지 않았더라면, 여기서의 일들을 참을 수 없었을 거예요.

미치 스탠리가 잘해 주지…… 않나요?

블랑시 못 견딜 정도로 무례해요. 나를 괴롭히려고 별짓을 다해요.

미치 어떤 식으로 그러죠, 블랑시?

블랑시 그야, 생각할 수 있는 모든 방법으로 그러죠.

미치 놀라운 얘기군요.

블랑시 그래요?

미치 도대체 누가 당신에게 무례하게 굴 수 있는지 모르겠어요.

블랑시 정말 끔찍한 상황이에요. 여기엔 사생활이라고는 없어요. 밤엔 두 방 사이에 커튼이 있을 뿐이죠. 밤이 되면 그 남자는 속옷 바람으로 두 방을 어슬렁거린답니다. 그리고 화장실 문도 닫아 달라고 부탁을 해야만 해요. 그렇게 품위 없이 굴 필요는 없잖아요. 왜 내가 이 집에서 나가지 않는지 궁금하겠죠. 솔직하게 말씀드릴게요. 교사 월급으로는 겨우 먹고 살 수 있을 뿐이에요. 작년에는 한 푼도 저축을 못해서 여름을 보내려고 여기 온 거예요. 그러니 제부를 참아 내야 하는 거죠. 그리고 제부 역시 원치도 않으면서 나를 견뎌 내야 하는 거고요……. 나를 얼마나 싫어하는지 물론 그자가 당신에게 얘기했겠지요!

미치 스탠리가 당신을 싫어한다고 생각하지 않아요.

블랑시 나를 싫어해요. 아니면 왜 나를 모욕하겠어요? 처음 만났을 때부터 나는 저 사람이 내 사형 집행인이라고 혼자 생각했어요. 그는 나를 파멸시킬 거예요, 만약…….

미치 블랑시…….

블랑시 네, 미치?

미치 뭐 좀 물어봐도 될까요?

블랑시 네, 뭐죠?

미치 나이가 어떻게 되세요?

(블랑시가 불안한 몸짓을 한다.)

블랑시 왜 알고 싶은 거죠?

미치 어머니께 당신 얘기를 했더니 어머니가 "블랑시는 몇 살이니?" 하시더군요. 그런데 답을 못 했거든요. (사이)

블랑시 어머니께 내 얘기를 했어요?

미치 네.

블랑시 왜요?

미치 어머니께 당신이 얼마나 멋진 여자인지 말씀드렸어요. 내가 당신을 좋아한다는 것도요.

블랑시 진심이었나요?

미치 진심인 거 아시잖아요.

블랑시 어머니께서 왜 내 나이를 알고 싶어 하시죠?

미치 어머니는 편찮으세요.

블랑시 안됐군요. 심각한가요?

미치 오래 사시지 못할 거예요. 아마 몇 달 정도밖에는.

블랑시 아.

미치 내가 안정이 안 됐다고 걱정하세요.

블랑시 아.

미치 어머니는 내가 자리 잡기를 바라세요, 어머니가……. (목소리가 갈라지자 미치는 헛기침을 두 번 하고는 손을 주머니에 넣었다 뺐다 하며 불안하게 이리저리 움직인다.)

블랑시 어머니를 무척 사랑하는군요, 그렇죠?

미치 네.

블랑시 당신은 헌신적인 사랑을 할 수 있는 분이군요. 어머니가 돌아가시면 외롭겠어요, 안 그래요? (미치가 헛기침을 하며 고개를 끄덕인다.) 그게 어떤 건지 알아요.

미치 외롭다는 거요?

블랑시 나도 어떤 사람을 사랑했죠. 사랑했던 사람을 잃어버렸어요.

미치 죽었나요? (블랑시는 창문으로 다가가 문턱에 앉아서 밖을 내다본다. 술을 또 한 잔 따른다.) 남자였나요?

블랑시 소년이었어요, 그저 소년이었어요, 내가 어린 소녀였을 때죠. 열여섯에 발견했어요……. 사랑을 말이죠. 갑자기 너무 완벽하게요. 반쯤 그늘에 잠겨 있던 뭔가에 갑자기 눈부신 불을 켜는 것 같았어요. 그렇게 내 세계를 치고 들어왔어요. 하지만 운이 없었죠. 잘못 봤어요. 소년에게는 뭔가 다른 점이 있었어요, 남자답지 않게 불안해하고 여리고 다정다감하고. 비록 외모는 전혀 여성스럽지 않았지만, 그래도, 거기 있었던 거죠……. 내게 도움을 구하러 온 거예요. 나는 몰랐죠. 둘이 도망쳤다 돌아와 결혼하기까지 아무것도 알아차리지 못했어요. 뭔가 확실하지 않지만 그가 원하는 걸 내가 해 주지 못했다는 것 그리고 그가 차마 말은 못했지만 필요로 하던 도움을 주지 못했다는 것, 그것만 알 수 있었어요! 그는 모래 구덩이에 빠져서 저를 꽉 잡았던 거죠……. 하지만 나는 그를 구하시 못했고 그와 함께 빠져 들어가고 있었어요! 그걸 몰랐던 거죠. 돕지도 못하고, 나 자신도 구하지 못하면서, 그저 그를 못 견디게 사랑하고 있다는 것만 알았어요. 그러다 알게 된 거죠. 있을 수 있는 최악의 방법으로 말이에요. 비어 있다고 생각한 방에 갑자기 들어갔는데 빈 게 아니라 두 사람이 있었어요……. 내가 결혼한 소년과 몇 년간 그의 친구였던 나이 든 남자가…….

(밖에서 기관차가 다가오는 소리가 들린다. 블랑시는 손으로 귀를 막고 몸을 웅크린다. 기차가 큰 소리를 내며 지나갈 때 기관차 헤드라이트가 집 안으로 환하게 비친다. 소음이 멀어지자 블랑시가 천천히 몸을 바로 세우고 이야기를 이어 간다.)

그 후 우리는 아무것도 밝혀지지 않은 척했어요. 그래요, 우리 셋은 문 레이크 카지노로 차를 몰고 갔어요. 술이 잔뜩 취해서 가는 내내 웃어 댔지요.

(멀리서 희미하게 폴카 음악이 단조로 들린다.)

우리는 「바수비아나」에 맞춰 춤을 추었어요! 그러다 갑자기 나와 결혼했던 소년이 내게서 벗어나 카지노 바깥으로 달려 나갔어요. 몇 분 후에는…… 총소리가!

(폴카 음악이 갑자기 멈춘다.)

(블랑시가 뻣뻣하게 일어난다. 그러자 폴카 음악이 장조로 다시 시작된다.)

나는 뛰어나갔어요. 모두 다 그랬죠! 모두 다 뛰어가서 호숫가의 그 끔찍한 것 주위에 모였지요! 사람들 때문에 가까이 갈 수 없었어요. 그러자 누군가가 내 팔을 잡더니 "더 가까이 가지 말아요! 돌아와요! 보고 싶지 않을 거요!" 본다고? 뭘 보지! 그러자 나는 말하는 소리를 들었어요. 앨런! 앨런! 그레이네 집 아이야! 입에다 리볼버 총을 넣고 쏘았군. 그래서 뒷머리가…… 날아가 버렸군!

(블랑시가 비틀거리더니 얼굴을 감싼다.)

내가 참지 못하고 무대 위에서 갑자기 말을 해 버렸기 때문이에요. "나는 봤어! 나는 안다고! 역겨워……." 그러자 세상을 비추던 서치라이트는 꺼져 버렸고 그 후 단 한순간도 이 부엌의 촛불보다 더 환한 빛은 비치질 않았어요…….

(미치는 어색하게 일어나 블랑시에게 조금 다가간다. 폴카 음악이 점점 더 커진다. 미치는 블랑시 옆에 선다.)

미치 (블랑시를 천천히 자기 품에 안으면서) 당신은 누군가가 필요해요. 그리고 나도 누군가가 필요하죠. 그게 당신과 나일 수 있을까요, 블랑시?

(블랑시가 잠시 미치를 멍하게 바라본다. 그리고 작은 소리로 울며 그의 품에서 몸을 움츠린다. 흐느끼면서 말하려고 애를 쓰지만 말이 나오지 않는다. 미치는 블랑시 앞이마와 눈에 입을 맞추고 마침내 입술에다 키스한다. 폴카 음악이 사라져 간다. 블랑시는 숨을 들이켰다가 긴 감사의 흐느낌과 함께 숨을 내쉰다.)

블랑시 때론…… 하느님이…… 너무 빨리 나타나는군요!

7장

9월 중순의 어느 늦은 오후.

칸막이 커튼이 열려 있으며 식탁 위에는 케이크와 꽃과 함께 생일 파티를 위한 저녁 식사가 차려져 있다.

스탠리가 들어올 때 스텔라는 장식을 마무리하고 있다.

스탠리 이건 다 뭐 하는 물건들이야?

스텔라 여보, 오늘이 언니 생일이야.

스탠리 여기 계신가?

스텔라 화장실에 있어.

스탠리 (흉내를 내면서) "뭔가를 씻어 내고 있어요?"

스텔라 그런 것 같아.

스탠리 얼마나 오랫동안 저 안에 있는 거야?

스텔라 오후 내내.

스탠리 (흉내내면서) "뜨거운 욕조에 몸을 담그고 있어요?"

스텔라 그래.

스탠리 기온이 정확하게 37도야. 그런데 뜨거운 욕조에 몸을 담그고 있군.

스텔라 그렇게 하면 저녁때 시원하대.

스탠리 그리고 당신은 뛰어나가서 콜라를 사 왔겠지? 욕조에 계시는 여왕 마마께 가져다 바치고? (스텔라가 어깨를 들썩인다.) 여기 잠깐만 앉아 봐.

스텔라 스탠리, 난 할 일이 있어.

스탠리 앉아! 당신 언니에 대해 좀 알아냈어, 스텔라.

스텔라 스탠리, 언니 좀 그만 괴롭혀.

스탠리 그 여자가 나를 천하다고 했어!

스텔라 요즘 당신은 언니 약 올리려고 별짓 다하고 있어. 언니는 아주 예민해. 당신은 언니와 내가 당신과는 아주 다른 환경에서 자랐다는 것을 알아야 해.

스탠리 그 말은 이미 들었어. 듣고 듣고 또 들었다니까! 저 여자가 우리한테 거짓말을 다발로 해 댄 건 알고 있어?

스텔라 아니, 몰라, 그리고…….

스탠리 글쎄, 그랬다니까. 하지만 이제 다 들통 났어! 내가 뭘 좀 알아냈거든!

스텔라 뭘 말이야?

스탠리 내가 의심한 것들 말이야. 하지만 이제는 가장 믿을 만한 증거를 확보했다고. 확인도 했어!

(블랑시는 화장실에서 감미로운 유행가를 부른다. 노래는 스탠리의 대사와 대위를 이룬다.)

스텔라 (스탠리에게) 목소리 좀 낮춰요!

스탠리 종달새 하나 나왔군, 참!

스텔라 자, 당신이 언니에 대해서 알아냈다고 생각하는 것이 뭔지 조용히 말해 봐요.

스탠리 첫 번째 거짓말, 얌전한 척해 대던 것 모두! 미치에게 한 대사들을 당신이 알아야 한다니까. 미치는 그 여자가 키스밖에는 안 해 본 줄로 알아! 하지만 처형께서 백합은 못 되지! 하하! 대단한 백합이구먼!

스텔라 무슨 말을 누구한테서 들은 건데?

스탠리 우리 공장의 보급 담당이 몇 년 동안 로렐을 훑고 다녔는데 블랑시에 대해서 속속들이 알고 있더라고. 로렐의 다른 사람들도 다 알고 있다니까. 로렐에서 저 여자는 미국 대통령만큼이나 유명해. 단지 누구에게도 존경을 받지 못할 따름이지! 이 보급 담당이 플라밍고란 호텔에 들렀는데.

블랑시 (즐겁게 노래 부른다.)

"마분지 바다를 항해하는 종이 달이라고 할지라도, 당신이 나를 믿어 주신다면, 그건 가짜가 아니랍니다."

스텔라 플라밍고가 어쨌다는 건데?

스탠리 저 여자가 거기에서도 지냈다고.

스텔라 언니는 벨 리브에서 살았어.

스탠리 이 얘긴 고향 집이 백합꽃처럼 흰 그분의 손가락에서 빠져나간 다음 일이라고! 저 여자는 플라밍고로 이사를 했어! 그곳은 투숙객들의 사생활에는 관여하지 않는 장점이 있는 이류 호텔이지! 플라밍고는 온갖 종류의 일들에 익숙해진 곳이야. 하지만 플라밍고 호텔 측에서도 블랑시 여사한테는 감동을 받았다니까! 블랑시 여사한테 너무 감동을 받은 나머지 방 열쇠를 영원히 반납하라고 했다는군! 저 여자가 여기 나타나기 몇 주 전에 일어난 일이지.

블랑시 (노래를 부른다.)

"바넘과 베일리 서커스처럼 가상의 세계일지라도…… 당신이 나를 믿어 주신다면 그건 가짜가 아니랍니다."

스텔라 한심한…… 거짓말이야!

스탠리 물론, 당신이 이 일로 얼마나 기분이 상할지 알고 있어. 저 여자는 미치에게 하듯 당신 눈에도 덮개를 씌웠으니까.

스텔라 이건 완전한 날조야! 진실이라곤 한 조각도 없어. 내가 남자이고 이런 일을 꾸며 낸 인간이 내 앞에 있다면…….

블랑시 (노래를 부른다.)

"당신의 사랑이 없다면, 이건 싸구려 행진! 당신의 사랑이 없다면, 이건 오락실에서 나오는 음악……."

스탠리 철저하게 조사했다고 말했잖아! 내 말이 끝날 때까지 기다려. 블랑시 마님의 문제는 로렐에서 연극을 더 계속할 수 없었다는 거야! 그 여자랑 두세 번 데이트를 하고 나면 남자들이 알아차리고 그만 만나거든. 그러면 그 여자는 다른 남자에게 다가가 늘 써먹던 똑같은 대사에 똑같은 몸짓에 똑같은 헛소리를 늘어놓지! 하지만 이런 일이 영원히 계속되기에는 그 마을이 너무 좁단 말이야! 시간이 흘러갈수록 저 여자는 마을의 유명 인사가 됐어. 그냥 특이한 정도가 아니라 완전히 미치광이 취급을 받은 거야.

(스텔라가 뒤로 물러선다.)

지난 일이 년 동안은 독약처럼 기피 대상이었다니까. 그래서 이번 여름에, 순방을 나선 왕족처럼 온갖 쇼를 다하면서 여기에 나타난 거라고. 왜냐면 시장에게서 마을을 떠나라는 말을 들은 거나 마찬가지였거든! 그렇지, 당신, 로렐 근처에 군부대가 있었고 당신 언니 살던 데가 '출입 금지 구역'으로 불렸던 것도 알고 있나?

블랑시 "그건 그저 가짜가 분명한 종이 달에 불과하지만, 당신이 나를 믿어 주신다면, 그건 가짜가 아니랍니다!"

스탠리 그러니 당신 언니가 우아하고 특별한 여자라는 얘기는 그만하지. 이번엔 두 번째 거짓말.

스텔라 더 듣고 싶지 않아!

스탠리 저 여자는 학교로 돌아가지 않아! 처형이 로렐로 돌아갈 생각이 없다고 내 장담한다! 저 여자는 신경과민으로 학교를 단기 휴직한 게 아니었어! 아니, 천만의 말씀! 절대 아니고말고. 봄 학기가 끝나기도 전에 학교에서 저 여자를 내쫓았다니까. 왜 그랬는지 이유를 당신에게 말하고 싶지는 않아! 열일곱 살 먹은 소년이랑 관계가 있었다는 거야!

블랑시 "바넘과 베일리 서커스처럼 가상의 세계일지라도……."

(화장실에서 물 소리가 크게 들린다. 마치 욕조 안에서 어린아이가 장난을 치듯이 숨넘어가는 소리와 요란한 웃음소리가 들린다.)

스텔라 정말 구역질이 나!

스탠리 아이 아버지가 알아차리고 고등학교 교장에게 연락을 한 거야. 맙소사, 블랑시 여사가 불려 가서 야단맞을 때 나도 그곳에 있었으면 좋았을걸! 거기서 빠져나오려고 몸부림치는 꼴을 보고 싶은데! 하지만 그쪽에서 이번에는 확실하게 저 여자를 궁지로 몰았고 여자도 끝장났다는 걸 알았지! 사람들은 저 여자한테 다른 지역으로 가라고 말했어. 그래, 그건 저 여자를 축출하자는 시 조례가 통과된 거나 마찬가지였다고!

(화장실 문이 열리고 블랑시가 수건을 두른 머리를 불쑥 내민다.)

블랑시 스텔라!

스텔라 (작은 소리로) 응, 언니?

블랑시 머리 말리게 수건 한 장만 가져다줘. 금방 머리를 감았거든.

스텔라 알았어, 언니. (스텔라는 멍한 모습으로 수건을 들고 부엌에서 화장실 문 쪽으로 걸어간다.)

블랑시 무슨 일이니, 얘?

스텔라 일? 왜?

블랑시 네 얼굴 표정이 너무 이상해서 그래!

스텔라 아, (웃으려고 애를 쓴다.) 조금 피곤한가 봐!

블랑시 내가 나가면 너도 목욕을 하지 그러니?

스탠리 (부엌에서 외친다.) 언제 나올 거요?

블랑시 너무 오래 있지는 않을 거예요! 마음을 느긋하게 가져요!

스탠리 마음이 문제가 아니라 내 신장 걱정을 하고 있소!

(블랑시가 문을 꽝 닫는다. 스탠리는 거칠게 웃는다. 스텔라가 부엌으로 천천히 돌아온다.)

스탠리 자, 당신 어떻게 생각해?

스텔라 그런 이야기를 전부 다 믿을 수는 없어. 그런 말을 하다니, 당신이 말하는 보급 담당은 비열하고 역겨운 인간이야. 그자가 한 말 중 사실도 있겠지. 나 역시 언니한테 못마땅한 점들이 있어. 그게 우리 집안에 슬픔을 가져왔지. 언니는 항상…… 경박했어!

스탠리 경박했다고!

스텔라 언니가 어렸을 때, 아주 어렸을 때, 시를 쓰는 소년과 결혼을 했지……. 정말 잘생긴 사람이었어. 언니는 그 사람을 단순히 사랑한 게 아니라 그가 걸어 다닌 땅까지도 숭배했던 것 같아! 그 사람을 흠모하고, 인간이기에는 너무 훌륭하다고 생각했어! 하지만 그러다 언니는 알게 되었어…….

스탠리 뭘?

스텔라 그 아름답고 재능 있는 젊은이는 변태 성욕자였어. 보급 담당이 이런 정보는 안 줬어?

스탠리 우리가 얘기한 것은 최근에 벌어진 일들이야. 그 일은 아주 옛날 일 같은데.

스텔라 그래, 무척 오래전 일이지…….

(스탠리가 스텔라에게 다가가 부드럽게 어깨를 감싼다. 스텔라는 그에게서 조용히 몸을 빼낸다. 스텔라는 작은 분홍색 초를 기계적으로 생일 케이크 위에 꽂기 시작한다.)

스탠리 케이크에다 초를 몇 개나 꽂는 거지?

스텔라 스물다섯에서 멈출 거야.

스탠리 손님은 오나?

스텔라 미치에게 케이크와 아이스크림 먹으러 오라고 했어.

(스탠리는 약간 거북스러워 보인다. 스탠리가 방금 다 피운 담배로 새 담배에 불을 붙인다.)

스탠리 미치는 오늘 밤 오지 않을 거야.

(스텔라가 양초 꽂다가 멈추고 천천히 스탠리 쪽을 바라본다.)

스텔라 왜?

스탠리 미치는 내 친한 친구야. 우리는 241공병대에서 같이 복무했다고. 같은 공장에서 일하고 지금은 볼링도 같은 팀이야. 내가 그 친구 얼굴을 제대로 볼 수 있을 것 같아, 만약…….

스텔라 스탠리 코왈스키, 당신, 당신 그 얘기를 했단 말이야?

스탠리 바로 맞혔어, 얘기 하고말고! 그 일을 알면서도 내 친구가 걸려들게 했다면 평생 양심에 걸릴 거야!

스텔라 미치가 언니랑 끝낸 거야?

스탠리 당신이라면 안 그러겠어, 만일……?

스텔라 미치가 언니랑 끝낸 거냐고 물었어.

(블랑시가 종소리처럼 잔잔하게 목소리를 높인다. "당신이 나를 믿어 주신다면 거짓은 아니지요."라고 노래한다.)

스탠리 아니, 미치가 블랑시랑 꼭 끝냈다기보다는, 알아차렸다는 거지!

스텔라 스탠리, 언니는 미치가, 자기랑 결혼할 줄 알고 있어. 나도 그러길 바랐고.

스탠리 글쎄, 미치는 블랑시랑 결혼하지 않아. 아마 하려고 했는지도 모르지만, 이제는 상어가 가득한 물탱크 속으로 뛰어들지는 않을 거야! (일어선다.) 처형! 어, 처형! 내 집 화장실에 내가 좀 들어가도 되겠소? (사이)

블랑시 네, 물론 되죠! 몸을 닦는 동안만 잠깐 기다려 줄래요?

스탠리 한 시간을 기다린 마당에 잠깐이야 금방 지나가겠죠.

스텔라 그런데 언니는 직장도 없잖아. 그러면, 언니는 어떻게 해야 해!

스탠리 화요일 이후에는 저 여자가 여기 있어서는 안 돼. 알고 있지, 그렇지? 확실하게 하기 위해 내가 표를 사 왔다고. 버스 표 말이야!

스텔라 우선 언니는 버스 타고는 안 가.

스탠리 버스를 탈 거고 좋아할 거야.

스텔라 아니, 안 그럴 거야, 아니야, 언니는 안 그래, 스탠리!

스탠리 가는 거야! 이상 끝. 그리고 추신, 화요일에 가는 거라고!

스텔라 (천천히) 언니가 뭘 할 수 있겠어? 도대체 뭘 할 수 있을까!

스탠리 그 여자의 미래는 이미 정해져 있어.

스텔라 무슨 말이야?

(블랑시는 노래를 부른다.)

스탠리 이봐, 카나리아! 아가씨! 화장실에서 나와!

(화장실 문이 활짝 열리면서 블랑시가 명랑한 웃음을 터뜨리며 나타난다. 하지만 스탠리가 블랑시 옆을 지나가자 거의 공포에 가까운 겁에 질린 표정이 그녀의 얼굴에 나타난다. 스탠리는 블랑시를 보지도 않고 욕실에 들어가자마자 문을 쾅 닫는다.)

블랑시 (헤어브러시를 잡으면서) 아, 오랫동안 뜨거운 물에 목욕을 했더니 기분이 너무 좋아. 기분이 너무 좋고 시원하고 편안해!

스텔라 (부엌에서 슬퍼하며 자신 없이) 그래, 언니?

블랑시 (머리를 힘차게 빗으며) 그래, 그렇다니까, 너무 상쾌해! (하이볼 잔을 흔들어 소리를 낸다.) 뜨거운 물에 목욕하고 나서 찬 음료수를 천천히 마시면 인생이 새롭게 보인다니까! (둘 사이에 쳐진 칸막이 커튼을 통해 스텔라를 바라보다가, 천천히 빗질을 멈춘다.) 무슨 일이 있구나! 뭐야?

스텔라 (재빨리 돌아서며) 아니, 아무 일도 없어, 언니.

블랑시 너 거짓말하고 있어! 뭔가 있지!

(블랑시는 두려움에 찬 눈길로 식탁에서 바쁜 척하는 스텔라를 바라본다. 멀리서 피아노 소리가 요란한 소리를 내다 멈춘다.)

8장

사십오 분 뒤.

커다란 창을 통해서 보이는 풍경이 점점 희미해지더니 고요한 황금빛 황혼으로 바뀐다. 상업 지구에 위치한 공터 건너편에 있는 거대한 물탱크 같기도 하고 기름 저장고처럼 보이는 것의 측면에는 횃불 같은 햇빛이 비치고 불 켜진 창문들과 석양을 반사하는 창문들에서 나오는 빛은 그 지역을 꿰뚫고 있다.

세 사람은 우울한 생일 저녁 식사를 마치고 있다. 스탠리는 시무룩하며 스텔라는 당황스러우면서도 슬픈 기색이다.

블랑시는 일그러진 얼굴에 굳은 가식적 미소를 짓고 있다. 식탁의 네 번째 자리는 비어 있다.

블랑시 (갑자기) 스탠리, 농담 좀 해 봐요, 우리 모두를 웃게 해 줄 재미있는 이야기 좀 해 봐요. 무슨 일인지 모르겠지만, 우리 모두 너무 엄숙하네요. 내가 남자 친구한테 바람맞아서 그런 건가요?

(스텔라가 힘없이 웃는다.)

여러 종류의 남자를 만나 봤지만 실제로 바람맞아 본 건 처음이야! 하하! 어떻게 받아들여야 할지 모르겠네……. 스탠리, 재미있는 얘기 좀 해 줘요! 우리 분위기 좀 바꾸게.

스탠리 처형이 내 얘기를 좋아하리라고는 생각하지 않았는데요.

블랑시 얘기가 상스럽지 않고 재미있다면 좋아하지요.

스탠리 처형 취향에 맞을 만큼 품위 있는 얘기는 잘 모르는데.

블랑시 그럼 내가 하나 할게요.

스텔라 그래, 언니가 하나 해. 언니는 재미있는 얘기 많이 알잖아.

(음악 소리가 점점 작아진다.)

블랑시 뭐가 있나, 자……. 내 레퍼토리를 훑어봐야지! 아, 그래, 난 앵무새 시리즈가 좋아! 다들 앵무새 시리즈 좋아해요? 자, 노처녀와 앵무새에 관한 얘기인데. 이 노처녀한테 상소리를 번개처럼 재빨리 지껄여 대는 앵무새가 있는데 이 새는 코왈스키 씨보다 야한 말들을 더 잘 알고 있었어요!

스탠리 흠.

블랑시 앵무새 입을 막을 유일한 방법은 새장에다 덮개를 씌우는 것뿐이었어요. 그러면 밤인 줄 알고 잠이 들거든요. 그런데 어느 날 아침에 이 노처녀가 낮이라고 앵무새 덮개를 벗겨 놓았는데 그때 목사님이 그 여자를 만나러 집 앞 길로 오는 게 보이지 뭐예요! 그래서 그 여자는 앵무새에게로 달려가 새장에 덮개를 재빨리 씌우고 목사님을 맞이했어요. 그러자 앵무새는 생쥐 새끼처럼 아주 아주 조용히 있었대요. 그런데 그 여자가 목사님에게 커피에 설탕을 얼마나 넣느냐고 묻는 순간, 앵무새가 커다란 소리로 (블랑시는 휘파람 소리를 낸다.) 침묵을 깨더니 "빌어먹을, 낮이 짧기도 하다!" 하더래요.

(블랑시는 고개를 뒤로 젖히며 웃어 댄다. 스텔라는 재미있는 척하려고 애쓰지만 잘되지 않는다. 스탠리는 이야기에 전혀 관심을 보이지 않고는 손가락으로 집어 먹다 만 고기 조각을 포크로 찍으려

고 식탁 저편으로 손을 뻗친다.)

블랑시 코왈스키 씨는 확실히 재미없으셨군요.

스텔라 코왈스키 씨는 돼지처럼 먹는 데만 신경 쓰느라 다른 생각은 없으시지!

스탠리 바로 그거야, 여보.

스텔라 당신 얼굴과 손가락은 메스꺼울 정도로 기름투성이야. 가서 씻고 와서 상 치우는 거나 도와줘.

(스탠리가 접시를 마룻바닥에 던진다.)

스탠리 이게 내가 상 치우는 방법이야! (스탠리가 스텔라 팔을 잡는다.) 다시는 그런 식으로 말하지 마! "돼지, 폴란드 놈, 메스껍다, 상스럽다, 기름투성이야!" 그런 말들이 당신과 당신 언니 혓바닥에 붙어 있다니까! 당신 둘은 자신들을 뭐라고 생각하는 거야? 한 쌍의 여왕님이라도 되시나? 휴이 롱이 한 말을 잊지 마. "모든 남자는 왕이다!" 그리고 여기서는 내가 왕이야, 잊지 말라고! (스탠리는 컵과 컵 받침을 마루에 내던진다.) 내 자리는 다 치웠어! 당신들 자리도 치워 줄까?

(스텔라가 조용히 울기 시작한다. 스탠리는 현관 밖으로 성큼성큼 걸어 나가서 담배에 불을 붙인다.)

(흑인 악사들의 소리가 모퉁이 너머로부터 들려온다.)

블랑시 내가 목욕하는 동안에 무슨 일이 있었던 거야? 스텔라, 저 사람이 네게 무슨 말을 했니?

스텔라 아무것도 아니야, 아무것도, 아무것도 아니라니까!

블랑시 제부가 너한테 미치랑 나에 대해서 무슨 말을 했지! 미치가 왜 안 왔는지 알면서도 너 말 안 하는구나! (스텔라는 어쩌지 못하고 머리만 흔든다.) 내가 그에게 연락해 볼 거야!

스텔라 나라면 연락하지 않을 거야, 언니.

블랑시 나는 해, 나는 그에게 전화해 볼 거야.

스텔라 (참담하게) 안 했으면 좋겠어.

블랑시 누군가의 설명을 좀 들어야겠어!

(침실에 있는 전화기로 달려간다. 스텔라가 현관 앞 베란다로 나가 못마땅하다는 듯 남편을 바라본다. 스탠리는 투덜대며 시선을 돌린다.)

스텔라 자기가 한 일에 아주 만족하겠군. 내 평생 음식 삼키는 게 그렇게 힘들었던 적은 처음이야. 언니 얼굴과 그 비어 있는 의자를 보면서 말이야! (스텔라는 조용히 눈물을 흘린다.)

블랑시 (전화에다 대고) 여보세요, 미첼 씨 부탁합니다……. 어머…… 제 번호를 좀 남겨도 될까요. 매그놀리아 9047이에요. 꼭 전화해야 할 일이라고 전해 주세요……. 네, 아주 중요하다고요……. 고맙습니다. (블랑시는 전화기 옆에서 어쩔 줄 모르고 겁에 질린 표정을 하고 있다.)

(스탠리가 천천히 아내를 향해 몸을 돌리더니 어색하게 껴안는다.)

스탠리 저 여자가 떠나고 당신이 아기를 낳고 나면, 모든 게 다 괜찮아질 거야. 당신과 나 사이도 예전처럼 다 좋아질 거야. 전에 어땠는지 당신 기억나? 우리가 함께한 밤들? 정말, 여보, 커튼 뒤에서 엿듣는 처형이 없이 옛날처럼 밤에 소리도 마음대로 내고 색 전등도 켜 놓을 수 있다면 우리 사이는 다시 달콤해질 거야!

(2층에 사는 이웃들이 뭔가를 보고 큰 소리로 웃는 소리가 들린다. 스탠리가 낄낄 웃는다.)

스티브랑 유니스가…….

스텔라 안으로 들어와요. (부엌으로 돌아와서 하얀 케이크 위에다 촛불을 켜기 시작한다.) 언니?

블랑시 그래. (침실에서 나와 부엌에 있는 식탁으로 온다.) 어머, 작은 초들이 예쁘기도 하지! 이런, 초에 불붙이지 마, 스텔라.

스텔라 꼭 붙일 거야.

(스탠리가 들어온다.)

블랑시 아기 생일을 위해서 초를 남겨 둬. 아, 그 애의 인생에 촛불이 빛나고 그 아이의 눈망울이 촛불 같았으면 좋겠어. 하얀 케이크 위에 켜진 두 개의 파란 촛불 말이야!

스탠리 (앉으면서) 멋진 시로군!

블랑시 (잠시 생각에 잠겨 말을 멈춘다.) 전화하지 말 걸 그랬어.

스텔라 무슨 일이 있었을 수도 있잖아.

블랑시 이번 일에는 변명이 안 통해, 스텔라. 모욕당하고 있을 수는 없어. 아무렇게나 해도 되는 여자 취급을 받을 수는 없어.

스탠리 빌어먹을, 욕실에서 나오는 수증기 때문에 여기까지 더워 죽겠구먼.

블랑시 미안하다고 세 번이나 말했어요. (피아노 소리가 작아져 간다.) 신경과민 때문에 뜨거운 목욕을 하는 거예요. 수치 요법이라고들 하더군요. 몸에 신경이라고는 없는 건강한 폴란드 종자니까, 당신은 물론 근심 걱정이 어떤 건지도 모르겠지요!

스탠리 난 폴란드 종자가 아니야. 폴란드에서 온 사람들은 폴란드인이지 폴란드 종자가 아니라고. 하지만 나는 지구상에서 가장 위대한 나라에서 태어나 자랐고 그것을 무척이나 자랑스러워하는 100퍼센트 미국인이야. 그러니까 다시는 폴란드 종자라고 부르지 말라고.

(전화벨이 울린다. 블랑시가 뭔가 기대하듯 일어선다.)

블랑시 어머, 나한테 온 거야, 확실해.

스탠리 그럴 것 같지 않은데. 자리에 앉아 계시지. (스탠리가 여유 있게 전화기 쪽으로 간다.) 여보세요. 아, 네, 여보세요. 맥이군.

(스탠리가 벽에 기대서서 블랑시를 모욕하듯 바라본다. 블랑시는 겁에 질린 표정으로 의자에 깊숙이 앉아 있다. 스텔라가 몸을 숙여 블랑시의 어깨를 만진다.)

블랑시 어머, 손 치워라, 스텔라. 도대체 왜 그러니? 왜 그렇게 동정 어린 눈빛으로 나를 보는 거니?

스탠리 (큰소리를 친다.) **거기 조용히 못 해!** 여기 시끄러운 여자가 하나 있어서 말이야. 계속해, 맥. 라일리네? 싫어, 난 라일리네 가서는 볼링 치기 싫은데. 지난주에 라일리랑 조금 다퉜거든. 내가 우리 팀 주장이지, 안 그래? 좋았어, 그러면 라일리네서는 안 치는 거다. 웨스트 사이드나 갈라에서 치는 거야! 좋았어, 맥. 나중에 보자!

(스탠리는 전화를 끊고 식탁으로 돌아온다. 블랑시는 물 컵에 든 물을 재빨리 마시면서 스스로 자제하느라 안간힘을 쓴다. 스탠리는 블랑시를 보지도 않고 주머니만 뒤진다. 그러고는 천천히 상냥한 체 하며 말을 시작한다.)

스탠리 처형, 내가 작은 생일 선물을 준비했소.

블랑시 어머나, 그랬어요, 스탠리? 나는 아무것도 기대하지 않았는데, 난, 난 스텔라가 왜 내 생일을 축하해 주려고 하는지 모르겠어요! 스물일곱이 된 다음부턴, 차라리 잊어버리고 싶던데! 글쎄, 나이란 차라리 잊고 싶은 주제라니까요!

스탠리 스물일곱 살?

블랑시 (재빨리) 뭐예요? 그게 내 건가요?

(스탠리가 작은 봉투를 블랑시에게 내민다.)

스탠리 그래요, 처형 마음에 들길 바라는데!

블랑시 그럼, 그럼, 아니, 이건…….

스탠리 차표요! 로렐로 돌아가는 거요! 그레이하운드 버스를 타고! 화요일에!

(「바수비아나」 음악이 부드럽게 끼어들더니 계속된다. 스텔라가

갑자기 일어서더니 돌아선다. 블랑시는 미소를 지으려고 애쓴다. 그러고는 웃어 보려고 한다. 그러다 다 포기하고 식탁에서 벌떡 일어나 옆방으로 뛰어 들어간다. 블랑시는 목을 움켜쥔 채 욕실로 달려 들어간다. 기침과 구역질하는 소리가 들린다.)

저런!

스텔라 그럴 필요는 없었잖아.

스탠리 내가 저 여자에게서 받은 것들을 잊지 마.

스텔라 언니처럼 외로운 사람한테 그렇게 잔인하게 굴 필요는 없어.

스탠리 섬세한 분이시니까.

스텔라 그래. 옛날에도 그랬고. 당신은 소녀 시절의 블랑시를 몰라. 언니처럼 부드럽고 남을 잘 믿는 사람은 아무도, 아무도 없었어. 하지만 당신 같은 사람들이 언니를 학대하고 변하게 만든 거야.

(스탠리는 침실로 들어가 셔츠를 벗어젖히고 화려한 색깔의 볼링 셔츠로 갈아입는다. 스텔라가 스탠리의 뒤를 따른다.)

당신 지금 볼링 치러 갈 셈이야?

스탠리 물론이지.

스텔라 당신, 볼링 치러는 못 가. (남편의 셔츠를 붙잡는다.) 언니한테 왜 그랬어?

스탠리 누구한테도 아무 짓도 안 했어. 내 셔츠 놔. 찢었잖아.

스텔라 왜 그랬는지 알고 싶어. 왜인지 말해 봐.

스탠리 우리가 처음 만났을 때, 당신과 나 말이야, 당신은 내가 상놈이라고 생각했지. 그래 맞아, 여보. 나는 흙먼지 같은 상놈이었지. 당신은 둥근 기둥이 세워진 집 스냅 사진을 보여 줬지. 나는 당신을 그 기둥에서 끌어내렸고 당신은 그걸 좋아했어. 색 전등을 켜 놓고서 말이야! 그리고 우리 둘은 행복했잖아? 저 여자가 나타나기 전까지 모든 게 좋지 않았어?

(스텔라가 조금 움직인다. 그녀는 마치 내면의 소리가 자기 이름을 부른 듯 갑자기 생각에 잠긴 표정을 짓는다. 스텔라는 천천히 다리를 질질 끌며 침실에서 부엌으로 걸어간다. 멍한 얼굴과 무슨 소리를 듣는 듯한 표정으로 의자 등받이와 탁자의 가장자리에 기대고 의지하기도 하면서 움직인다. 스탠리는 셔츠를 갈아입느라 아내의 반응을 눈치채지 못하고 있다.)

우리 둘이서 행복하지 않았어? 모든 게 다 좋지 않았어? 저 여자가 잘난 척하면서 나타나 나를 유인원이라 부르기 전까지는 말이야. (스탠리는 스텔라에게 변화가 생겼음을 갑자기 알게 된다.) 이봐, 무슨 일이야, 스텔라? (스탠리는 스텔라에게 다가간다.)

스텔라 (조용하게) 병원에 데려다줘.

(스탠리는 스텔라에게 가 그녀를 팔로 부축하며 알아들을 수 없는 말들을 속삭이면서 바깥으로 나간다.)

9장

같은 날 저녁, 얼마 뒤. 블랑시는 녹색과 흰색의 사선 줄무늬 천으로 자신이 다시 씌운 침실 의자에 긴장된, 구부린 자세로 앉아 있다. 그녀는 주홍색 새틴 가운을 입고 있다. 의자 옆 식탁에는 술병과 술잔이 놓여 있다. 빠르고 열광적인 폴카 음악인 「바수비아나」가 들린다. 음악 소리는 블랑시의 마음속에서 나오는 것이다. 블랑시는 음악 소리와 재난이 다가오고 있다는 예감으로부터 벗어나기 위해서 술을 마시며, 노래 가사를 웅얼거리고 있는 것처럼 보인다. 곁에서 선풍기가 앞뒤로 돌아가고 있다.

미치가 작업복 차림으로 모퉁이를 돌아서 온다. 진으로 된 셔츠와 바지를 입고 있다. 면도도 하지 않은 상태다. 계단을 올라 문으로 가서 벨을 누른다. 블랑시는 깜짝 놀란다.

블랑시 누구시죠?

미치 (쉰 목소리로) 나요. 미치.

(폴카 음악 소리가 멈춘다.)

블랑시 미치! 잠깐만요.

(블랑시는 미친 듯이 이리 뛰고 저리 뛴다. 술병을 벽장에 감추더니 거울 앞에 쭈그리고 앉아서 향수와 분을 찍어 바른다. 어찌나 흥분했는지 그녀가 이리저리 움직일 때 숨소리가 들릴 정도이다. 마침내 그녀는 부엌 쪽 문으로 달려가 미치를 들어오게 한다.)

미치! 오늘 저녁 그런 대접을 받고 당신을 들어오게 해서는 정말이지 안 되는데요! 정말 너무나 신사답지 못했어요! 하지만 어서 와요, 미남자!

(블랑시는 미치에게 입술을 내민다. 미치는 무시하고 그녀를 지나 아파트 안으로 들어간다. 블랑시는 미치가 침실로 성큼성큼 들어가자 겁에 질린 듯 그 뒷모습을 바라본다.)

이런, 이런, 냉정하기도 하셔라! 투박한 옷차림 하고는! 저런, 당신 면도도 안 하셨군요! 숙녀에 대한 용서할 수 없는 모욕이지요! 하지만 용서해요. 당신을 본 것만으로도 마음이 놓이니 용서하겠어요. 당신이 내 머릿속에 갇힌 폴카 음악을 멈춰 주었어요. 머릿속에 뭔가가 갇혀 있던 적이 있나요? 아니, 물론 없겠죠. 당신같이 둔하고 순해 빠진 사람 머릿속에 뭔가 무시무시한 게 달라붙는 일은 없겠지요!

(블랑시는 말을 하면서 미치를 따라다니고, 미치는 그런 그녀를 바라본다. 오는 길에 미치가 술을 몇 잔 한 것이 분명하다.)

미치 저 선풍기는 꼭 켜 놓아야 하나요?

블랑시 아니요!

미치 난 선풍기가 싫어요.

블랑시 그럼 꺼 버려요. 나도 좋지는 않아요.

(블랑시가 스위치를 누르자 선풍기는 천천히 멈춰 선다. 미치가 침실의 침대 위에 털썩 앉아 담뱃불을 붙이자 블랑시는 불안하게 헛기침을 한다.)

마실 게 뭐가 있는지 모르겠군요. 찾아 보질 않았어요.

미치 나는 스탠리의 술은 원치 않아요.

블랑시 제부 게 아니에요. 여기 있다고 전부 다가 스탠리 것은 아니에요. 사실 내 것도 있다고요! 어머니는 어떠세요? 편찮으신가요?

미치 왜요?

블랑시 오늘 밤 무슨 문제가 있는 것 같은데, 하지만 신경 쓰지 말아요. 꼬치꼬치 캐묻지는 않을 테니까요. 나는 그냥……. (그녀는 멍한 채로 자신의 앞이마에 손을 댄다. 폴카 음악이 다시 시작된다.) 당신의 달라진 태도를 모르는 척할게요! 저 음악이 다시…….

미치 무슨 음악?

블랑시 「바수비아나」요! 그들이 연주했던 폴카 음악이죠, 앨런이…… 잠깐만요!

(멀리서 권총 소리가 들린다. 블랑시는 마음이 놓인 듯 보인다.)

자, 이제 총소리가 났어요! 그러면 언제나 음악이 그치지요.

(폴카 음악이 다시 사라진다.)

네, 이제 멈췄어요.

미치 당신 정신 나갔소?

블랑시 가서 뭐가 있나 좀 찾아 볼게요……. (찬장으로 가서 술병을 찾는 척한다.) 아, 어쨌거나, 내가 옷을 제대로 못 갖춰 입은 건 미안해요. 하지만 난 사실 당신을 포기하고 있었어요! 저녁 초대받은 것 잊어버렸나요?

미치 난 당신을 다시는 만나지 않을 생각이었어요.

블랑시 잠깐만요. 당신이 하는 말이 들리지가 않아요. 워낙 말이 없으니, 당신이 말을 할 때는 한 단어도 놓치고 싶지 않아요……. 내가 뭘 찾는 거죠? 아, 그래요. 술! 오늘 저녁 이곳에서 흥분되는 일들이 너무 많아서 내 정신이 나갔어요! (블랑시는 술을 갑자기 발견한 척한다. 미치는 다리를 침대 위에 올려놓고, 경멸하는 눈빛으로 블랑시를 바라본다.) 여기 뭐가 있네요. 서든 컴포트! 이게 뭔지, 궁금하네요.

미치 당신이 모르는 거라면 분명히 스탠리 것이군요.

블랑시 다리를 침대에서 내려놓으세요. 연한 색깔 침대보가 씌워져 있잖아요. 물론 당신네 남자들은 그런 걸 잘 알아채지 못하지만요. 여기 와서 이 집에 정성을 많이 들였어요.

미치 물론 그랬겠지요.

블랑시 내가 오기 전 이곳이 어땠는지 당신 보셨죠. 자, 이제 여길 보세요. 거의…… 우아하기까지 하잖아요! 그대로 유지가 되었으면 좋겠어요. 이 술에 뭐를 섞어야 하나요? 음, 달아요, 아주 달아요! 이건 리큐어가 틀림없어요! 그래요, 바로 그거예요, 식후 리큐어요! (미치가 투덜거린다.) 당신은 안 좋아할 것 같지만, 마셔 보세요. 좋아할지도 모르니까.

미치 스탠리의 술은 원하지 않는다고 말하지 않았소, 진심이오. 그 친구 술은 건드리지 말아요. 여름 내내 살쾡이처럼 핥아 먹었다고 하더군요!

블랑시 터무니없는 말이에요! 그런 말을 하는 사람도 터무니없고, 그런 말을 되풀이하는 당신도 황당하군요! 그런 비열한 비난에 발끈해서 내 수준을 떨어뜨리지는 않겠어요!

미치 허.

블랑시 당신 마음속에 뭐가 있는 거죠? 당신 눈 속에 뭔가가 보여요!

미치 (일어나면서) 여긴 어둡군요.

블랑시 난 어두운 게 좋아요. 어두우면 편안하게 느껴져요.

미치 난 당신을 밝은 곳에서 본 적이 없어요. (블랑시는 숨이 넘어가게 웃는다.) 그건 사실이오!

블랑시 그래요?

미치 난 당신을 밝은 오후에는 본 적이 없어요.

블랑시 그게 누구 잘못이죠?

미치 당신은 오후에는 외출하고 싶어 하지 않잖소.

블랑시 어머, 미치, 당신은 오후에 공장에서 일하잖아요!

미치 일요일 오후에는 아니죠. 몇 번인가 일요일에 만나자고 했지만 당신은 늘 핑계를 댔어요. 당신은 6시 이전에는 외출하길 원치 않고 조명이 어두운 장소만 골랐지요.

블랑시 그 말에는 뭔가 분명치 않은 뜻이 있는데 잘 알아차리질 못하겠군요.

미치 내 말은 당신 모습을 제대로 본 적이 없다는 뜻이오, 블랑시. 여기 불 좀 켭시다.

블랑시 (겁에 질려서) 불이요? 무슨 불이요? 뭣 때문에요?

미치 종이를 씌워 놓은 이거 말이요. (미치가 전구에서 종이 갓을 뜯어낸다. 블랑시가 놀라서 숨을 헐떡인다.)

블랑시 무엇 때문에 그러는 거죠?

미치 당신 얼굴을 확실하고 똑똑히 보려는 거요!

블랑시 물론 나를 모욕하려는 뜻은 아니겠죠!

미치 아니요, 그냥 사실 그대로를 보자는 거요.

블랑시 사실주의는 싫어요. 나는 마법을 원해요! (미치가 웃는다.) 그래요, 그래, 마법이요! 난 사람들에게 그걸 전해 주려고 했어요. 나는 사물들을 있는 그대로 전달하지 않아요. 나는 진실을 말하지 않고 진실이어야만 하는 것을 말해요. 그런데 그게 죄라면 달게 벌을 받겠어요! 불 켜지 말아요!

(미치가 스위치 쪽으로 다가간다. 미치는 불을 켜고 블랑시를 바라본다. 블랑시는 비명을 지르더니 얼굴을 가린다. 미치는 다시 불을 끈다.)

미치 (천천히 그리고 씁쓸하게) 당신이 생각보다 나이를 먹었다고 해도 상관없어요. 하지만 나머지 것들, 맙소사! 당신 생각들은 구식이 되어 버렸다는 헛

소리랑 여름 내내 해 댄 터무니없는 넋두리라니. 아, 열여섯 살이 아닌 건 알았어요. 하지만 당신이 정직하다고 믿은 건 내가 바보였소.

블랑시 내가 '정직하지' 않다고 누가 그러던가요? 사랑스러운 나의 제부였겠죠. 그리고 당신은 그 사람을 믿었고요.

미치 처음에는 그 친구를 거짓말쟁이라고 했소. 그러고 그 얘기를 확인해 보았지. 처음엔 로렐을 드나드는 보급 담당에게 물어보았어. 그러고 나서는 그 상인과 직접 장거리 전화로 이야기를 나눴지.

블랑시 그 상인이 누구죠?

미치 키파버.

블랑시 로렐의 상인 키파버 말이군요! 그 사람 알아요. 나한테 수작을 부리기에 내가 주제를 알게 해 주었죠. 그러니까 복수하려고 이야기를 꾸며 낸 거예요.

미치 세 사람이오. 키파버와 스탠리 그리고 쇼가 맹세를 하더군요!

블랑시 둥둥둥 세 사람이 한 욕조에 있네! 그것도 아주 더러운 욕조에!

미치 당신 플라밍고라는 호텔에 묵지 않았소?

블랑시 플라밍고요? 아니요! 타란툴라였어요! 나는 타란툴라 암스라는 호텔에 묵었어요!

미치 (멍청하게) 타란툴라?

블랑시 그래요, 큰 거미 말이에요! 그곳으로 내 희생물들을 끌어들였어요. (자신이 마시려고 술을 한 잔 또 따른다.) 그래요, 나는 낯선 사람들과 많은 관계를 가졌어요. 앨런이 죽고 난 뒤……. 낯선 사람과 관계를 갖는 것만이 내 텅 빈 가슴을 채울 수 있는 전부인 것 같았어요……. 여기저기 옮겨 다니면서 보호받으려 했던 것은 공포, 공포 때문이었죠. 여기저기, 생각해서도 안 될 곳까지, 마침내는 열일곱 살짜리 소년에게까지도, 하지만 누군가가 교장에게 편지를 썼죠……. "저 여자는 도덕적으로 교사직에 적합하지 않다!"라고.

(블랑시는 머리를 뒤로 제치고 흐느끼듯이 발작적으로 웃는다. 그러고는 위의 말을 되풀이하고, 숨을 헐떡거리다 술을 마신다.)

맞느냐고요? 그래요, 내 생각에도 적합하지 않은 것 같아서, 어쨌거나……. 그래서 여기에 온 거예요. 다른 곳이 없더라고요. 난 진이 다 빠져 버렸어요. 진이 다 빠졌다는 말 알아요? 내 젊음이 갑자기 배수구로 사라지고, 그리고 당신을 만났어요. 누군가가 필요하다고 당신이 말했지요. 그래요, 나도 누군가가 필요했어요. 당신을 만난 것을 하느님께 감사했어요, 당신은 신사같이 보였기 때문이죠……. 바위 덩어리 같은 이 세상에서 내가 숨을 수 있는 틈새 같은 존재죠! 하지만 내가 너무 많은 것을 바랐군요! 키파버와 스탠리와 쇼가 연 꼬리에 낡은 깡통을 매달아 시끄럽게 만들었네요.

(잠시 침묵이 흐른다. 미치가 블랑시를 멍하니 바라본다.)

미치 블랑시, 당신은 내게 거짓말을 했어요.

블랑시 내가 거짓말을 했다고 말하지 말아요.

미치 거짓말, 거짓말, 겉과 속이 모두 거짓말투성이예요.

블랑시 속으로는 절대 안 했어요, 마음속으로는 거짓말한 적 없어요…….

(행상인이 모퉁이를 돌아온다. 멕시코 여성으로 눈이 멀었으며 검은색 숄을 둘러썼다. 하류층 멕시코 여인들이 장례식이나 축제 같은 행사 때 장식하는 화려한 양철 조화 다발을 들고 있다. 목소리는 겨우 들릴 정도이다. 그녀의 모습은 건물 바깥에서 희미하게 보일 뿐이다.)

멕시코 여인 플로레스. 플로레스. 플로레스 파라 로스 무에르토스. 플로레스. 플로레스.[4]

---

4) 꽃이요. 꽃. 죽은 사람을 위한 꽃이요. 꽃이요. 꽃.(Flores. Flores. Flores para los muertos. Flores. Flores.)

블랑시 뭐라고요? 아! 바깥에 누군가 있군요……. (블랑시가 문으로 다가가 열고 멕시코 여인을 바라본다.)

멕시코 여인 (문간에 서서 블랑시에게 자신의 꽃 몇 개를 건넨다.) 플로레스? 플로레스 파라 로스 무에르토스?

블랑시 (겁에 질려서) 아니, 아니! 지금은 안 사! 지금은 안 사요!

(블랑시는 문을 꽝 닫고 집 안으로 들어온다.)

멕시코 여인 (여자가 돌아서서 거리를 걸어 내려가기 시작한다.) 플로레스 파라 로스 무에르토스.

(폴카 음악이 서서히 들리기 시작한다.)

블랑시 (혼잣말하듯이) 부서지고 시들고 그리고…… 후회와…… 비난들……. "네가 그렇게 했더라면, 내가 그 값을 치루지 않아도 되었을 텐데!"

멕시코 여인 코로네스 파라 로스 무에르토스. 코로네스…….[5]

블랑시 유산이라! 하……. 피 묻은 베갯잇 같은 것들……. "침대 깔개를 갈아 주어야만 해." ……. "네, 어머니. 하지만 흑인 하녀에게 시키면 안 되

---

5) 죽은 사람을 위한 왕관이요. 왕관…….(Corones para los muertos. Corones…….)

나요?" 안 되지. 물론 우리는 그럴 수 없었어요. 모든 것은 사라졌고 그…….

멕시코 여인 플로레스.

블랑시 죽음은……. 나는 이쪽에 앉고 어머니는 저쪽에 앉으시곤 했지요. 그리고 죽음은 당신만큼이나 가까이에……. 우리는 그것에 대해 들어 본 적이 있다는 것을 인정할 용기도 없었죠!

멕시코 여인 플로레스 파라 로스 무에르토스, 플로레스, 플로레스…….

블랑시 반대는 욕망이죠. 이상한가요? 어떻게 이상하다고 생각할 수 있겠어요! 벨 리브에서 멀지 않은 곳에, 벨리브를 잃어버리기 전이죠, 젊은 군인들을 훈련시키는 캠프가 있었어요. 토요일 밤에 그들은 술을 마시러 시내로 들어가곤 했죠…….

멕시코 여인 (부드럽게) 코로네스…….

블랑시 그리고 돌아오는 길에 그자들은 우리 집 잔디 위에서 비틀거리며 불러 댔죠. "블랑시! 블랑시!" 귀먹은 노파는 아무것도 의심하지 않았죠. 하지만 때로 나는 이들의 부름에 답하려고 바깥으로 몰래 빠져나가곤 했어요……. 나중에는 호송 차량이 데이지 꽃처럼 그들을 실어서…… 멀고 먼 고향으로…….

(멕시코 여인이 천천히 돌아서서 잔잔하게 슬픈 소리를 내며 정처 없이 되돌아간다. 블랑시는 화장대로 가서 그 위로 몸을 굽힌다.

잠시 뒤, 미치가 일어나서 의도적으로 블랑시 뒤를 따른다. 폴카 음악은 사라져 간다. 미치는 블랑시 허리에 손을 올려놓고 그녀를 돌려 세우려 한다.)

블랑시 뭐 하는 거죠?

미치 (더듬거리며 그녀를 껴안으려 한다.) 여름 내내 못 했던 것.

블랑시 그러면 나랑 결혼해요, 미치!

미치 이제 당신과 결혼하고 싶은 생각은 없어.

블랑시 없다고요?

미치 (그녀 허리에 얹었던 손을 내리면서) 당신은 우리 어머니가 계신 집에 데려갈 만큼 정숙한 여자가 못 돼.

블랑시 꺼져 버려, 그러면. (미치는 그녀를 바라본다.) 불이야 하고 소리 지르기 전에 빨리 여기서 나가! (흥분으로 그녀의 목이 팽팽하게 긴장된다.) 불이야 하고 소리 지르기 전에 빨리 여기서 나가.

(미치는 여전히 그녀를 바라보고 있다. 블랑시는 갑자기, 부드러운 여름빛으로 옅은 푸른색을 띠는 네모난 큰 유리창으로 달려가 미친 듯이 소리를 지른다.)

불이야! 불이야! 불이야!

(미치는 놀라서 숨을 헐떡거리며, 돌아서 문을 나선다. 그는 통탕

거리며 어설프게 계단을 내려가 건물 모퉁이를 돈다. 블랑시는 비틀거리며 창문에서 물러나 무릎을 꿇는다. 멀리서 피아노 소리가 느리고 우울하게 들려온다.)

10장

같은 날 밤, 몇 시간 뒤.

블랑시는 미치가 떠난 뒤 계속해서 술을 마시고 있다. 그녀는 자신의 옷 가방을 침실 한가운데로 끌어다 놓는다. 트렁크는 활짝 열려 있으며 꽃무늬 드레스가 위에 던져져 있다. 술을 마시면서 짐을 꾸리는 동안, 블랑시는 히스테릭한 흥분 상태를 보인다. 그녀는 약간 더럽고 구겨진 흰색 새틴 이브닝드레스를 차려입고 반짝이를 박은 굽이 다 닳아 버린 은색 슬리퍼를 신었다.

이제 블랑시는 화장대 거울 앞에서 라인스톤 왕관을 머리에 쓰고 마치 앞에 자기를 찬미하는 사람들이 있는 듯 흥분하여 중얼댄다.

블랑시 수영하는 게 어때요? 오래된 채석장에 가서 달빛을 받으며 수영하는 거 말이에요? 운전을 할 만큼 술에 취하지 않은 사람이 있다면 말이죠! 하하! 머릿속이 윙윙거리는 것을 막는 가장 좋은 방법이죠! 다이빙은 물이 깊은 곳에서 하도록 조심해야죠. 바위에라도 부딪치면 아침이 되어서야 떠오를 테니까…… .

(좀 더 가까이 보기 위해서 블랑시는 떨면서 손거울을 들어 올린다. 숨을 죽이더니 거칠게 내려놓아 거울에 금이 간다. 블랑시는 신음 소리를 조금 내더니 일어서려고 한다.)

(스탠리가 건물 모퉁이를 돌아 나타난다. 여전히 강렬한 초록색 실크 볼링 셔츠를 입고 있다. 그가 모퉁이를 돌 때 싸구려 카바레 홍키통크 음악이 들려온다. 음악은 이 장면 내내 부드럽게 계속된다.

(스탠리가 부엌으로 들어오며 문을 닫는다. 스탠리는 블랑시를 뚫어지게 보더니 천하게 휘파람을 불어 댄다. 그는 오는 길에 술을 몇 잔 걸쳤으며 맥주 몇 병을 사 들고 왔다.)

블랑시 동생은 어때요?
스탠리 괜찮아요.
블랑시 아기는요?
스탠리 (상냥하게 웃으며) 아침까지는 아기가 안 나올 테니 집에 가서 눈 좀 붙이라고 하더군요.

블랑시 이곳에 우리 둘만 있어야 한다는 말인가요?

스탠리 그렇죠. 처형하고 나하고 말이죠. 처형께서 침대 밑에 누군가를 숨겨 놓지 않았다면 말이죠. 왜 그렇게 멋지게 차려입은 거요?

블랑시 아, 그렇죠. 당신은 내가 전보를 받기 전에 나갔죠.

스탠리 전보를 받았어요?

블랑시 전에 나를 흠모하던 사람에게서 전보를 받았어요.

스탠리 뭔가 좋은 소식이라도?

블랑시 그런 것 같아요. 초대를 받았어요.

스탠리 어디죠? 소방관들의 무도회에라도?

블랑시 (고개를 뒤로 젖히면서) 요트를 타고 카리브해를 항해하는 거죠!

스탠리 그래요, 그래. 놀라운데.

블랑시 내 평생 이렇게 놀라긴 처음이에요.

스탠리 그랬겠군.

블랑시 생각도 못 했는데 갑자기 왔다니까요!

스탠리 누구한테서 왔다는 거요?

블랑시 옛날 애인한테서요.

스탠리 저 하얀 여우 털을 선물한 사람인가?

블랑시 셰프 헌틀리 씨요. 대학 졸업반 때 나는 그가 속한 알파 타우 오메가 클럽 배지를 달고 다녔어요. 작년 크리스마스 전까지는 만나질 못했는데 비스케인가에서 우연히 마주쳤어요. 그런데 글쎄, 방금 카리브해를 같이 여행하자고 전보가 온 거예요! 문제는 옷이에요. 열대 지방에 어울릴 만한 게 있는지 보려고 옷 가방을 뒤지고 있어요!

스탠리 그래서 그 멋진, 다이아몬드 왕관을 쓰신 건가요?

블랑시 이 골동품 말인가요? 하하! 모조 다이아몬드일 뿐이에요.

스탠리 저런. 난 티파니 다이아몬드라도 되는 줄 알았소. (스탠리는 셔츠의 단추를 푼다.)

블랑시 어찌 되었든, 나는 격식 있는 대접을 받을 거예요.

스탠리 글쎄요. 두고 봐야죠. 무슨 일이 벌어질지는 모르니까.

블랑시 내 운이 다했다고 생각하는 그때에…… .

스탠리 그 마이애미 백만장자가 나타나셨다 이거죠.

블랑시 그 사람은 마이애미 출신이 아니에요. 댈러스 출신이죠.

스탠리 댈러스 출신이라고요?

블랑시 그래요. 그이는 땅에서 황금이 솟아나는 댈러스 출신이라고요!

스탠리 글쎄, 하여간, 어딘가 출신이겠지요. (셔츠를 벗기 시작한다.)

블랑시 더 벗기 전에 커튼부터 쳐요.

스탠리 (상냥하게) 지금은 여기까지만 벗을 거요. (맥주병을 싼 봉투를 잡아 찢는다.) 병따개 봤어요?

(블랑시는 천천히 화장대로 다가가 두 손을 깍지 끼고 선다.)

내 사촌 중에 이빨로 맥주병을 따는 애가 있었어요. (탁자 가장자리에 병마개를 내리치면서) 그 애가 유일하게 할 수 있었던 재주였지. 바로 인간 병따개였다고. 그런데 한번은 결혼식 피로연에서 앞니를 부러뜨리고 만 거야! 그러고 나서는 너무 창피해서 사람들만 모이면 슬그머니 집을 빠져나가더라고…… .

(병마개가 펑하고 터지더니 거품이 솟아난다. 스탠리는 행복한 듯 웃으며 맥주병을 머리 위에 대고 흔든다.)

하하! 천국에서 비가 내리네! (스탠리가 맥주병을 블랑시에게 내민다.) 우리 싸움은 그만 하고 화해의 잔을 드는 게 어떻소? 응?

블랑시 아니, 됐어요.

스탠리 오늘은 우리 둘 다에게 축하할 만한 날이오. 처형은 석유 재벌을, 나는 아기를 갖게 되었으니 말이오.

(스탠리는 침실의 옷장에 가 맨 아래 서랍에서 뭔가를 꺼내려고 몸을 쭈그리고 앉는다.)

블랑시 (뒤로 물러나면서) 여기서 뭐 하는 거예요?

스탠리 오늘 같은 특별한 경우에 내가 항상 꺼내는 게 여기 있지. 결혼식 날 밤에 입었던 실크 잠옷 말이오!

블랑시 아.

스탠리 전화벨이 울리고 "아들이요!"라고 하면, 나는 이걸 찢어서 깃발처럼 흔들 거요! (스탠리가 화려한 색깔의 잠옷 상의를 흔든다.) 우리는 둘 다 잘난 척할 만하다는 생각이 드는데. (팔에다 잠옷 윗옷을 걸친 채 부엌으로 돌아간다.)

블랑시 나만의 생활이란 걸 다시 갖게 되면 얼마나 멋질까 생각하니……. 눈물이 나올 것 같아요!

스탠리 그 댈러스에서 온 백만장자는 처형 사생활을 전혀 방해하지 않는다는 거요?

블랑시 제부가 생각하는 그런 게 아니에요. 그 사람은 신사고 나를 존중해 줘요. (흥분해서 말을 만들어 내며) 그 사람이 원하는 것은 내가 친구로 함께 있는 거예요. 재산이 많다는 게 때로는 사람을 외롭게 만들거든요! 세련되고 지성과 교양을 갖춘 여자는 남자의 삶을 풍요롭게 해 줄 수 있죠, 한없이 말이죠! 나는 그런 것들을 제공할 수 있어요. 그런 것들은 사라지는 게 아니에요. 육체적 아름다움은 사라지죠. 순간적이죠. 하지만 마음의 아름다움과 영혼의 풍요로움 그리고 가슴속 부드러움은…… 나는 그런 것들을 다 가지고 있어요. 그런 것들은 사라지지 않고 더 증폭되죠! 세월이

가면 갈수록이요! 내가 가난한 여자라고 불려야만 하다니 정말 이상하죠! 내 가슴속에 이런 보물들이 간직되어 있는데요. (목이 멘 흐느낌이 흘러나온다.) 나는 나 자신을 매우 부유한 여자라고 생각해요! 그동안 어리석었죠, 돼지에게 진주를 던지다니!

스탠리 돼지라니, 어?

블랑시 그래요, 돼지요! 돼지죠! 난 당신뿐 아니라 당신 친구 미첼 씨를 생각하고 있어요. 그 사람이 오늘 밤에 나를 보러 왔어요. 감히 작업복을 입은 채 여기에 왔더군요! 그리고 내게 그 중상모략을 되풀이하더군요. 당신에게서 들은 그 악의에 찬 얘기 말이죠! 난 그에게 결별 선언을 했어요…….

스탠리 그랬소?

블랑시 그런데 그자가 되돌아왔어요. 용서를 구하려고 장미 한 상자를 사 들고 왔더군요! 용서해 달라고 간청했어요. 하지만 용서할 수 없는 것들이 있죠. 의도적으로 잔인한 건 용서할 수 없어요. 내 생각에 그건 용서할 수 없는 일이에요. 나는 한 번도 그런 잘못을 저지른 적이 없어요. 그래서 말했어요. 그 사람에게 "고마워요."라고 말했죠. 우리가 서로 적응할 수 있을 거라고 생각했다니 내가 어리석었죠. 둘이 살아온 방식이 너무 달라요. 우리의 마음가짐이나 성장 배경은 양립할 수가 없어요. 우리는 이런 점들에 대해서 현실적이 되어야 해요. 그래서 안녕, 친구여! 너무 언짢아 마세요…… 라고 했어요.

스탠리 그게 텍사스 석유 재벌에게서 전보가 오기 전이요? 후요?

블랑시 무슨 전보요! 아니! 아니, 나중에! 사실은 전보가 막 그때에…….

스탠리 사실은 전보라는 건 없었지!

블랑시 아, 아!

스탠리 백만장자는 없었다고! 그리고 미치는 장미를 가지고 돌아오지 않았어. 그 친구가 어디 있는지 내가 알고 있거든…….

블랑시 아!

스탠리 당신이 상상으로 만들어 낸 것 말곤 아무것도 없어!

블랑시 아!

스탠리 거짓말과 공상과 속임수뿐이야!

블랑시 아!

스탠리 자신을 좀 봐! 넝마주이한테서 50센트 주고 빌린 낡아 빠진 축제 의상이나 걸치고 있는 꼴을 보라고! 그리고 괴상하기 짝이 없는 왕관을 쓰고! 어디 여왕이라고 생각하시는 거요?

블랑시 아, 하느님…….

스탠리 난 처음부터 당신을 알아봤어! 단 한 번도 당신은 이 사나이의 눈을 속이지 못했다고! 당신은 여기 와서 집 안에다 분가루랑 향수를 뿌려 대고 전구에다 종이 등을 씌웠지. 자, 보시라, 집은 이집트로 변했고 당신은 나일강의 여왕이 되셨다 이거지! 왕좌에 앉아서 내 술이나 마셔 대고! 이 보셔, 하! 하! 내 말 들리쇼? 하 하 하! (스탠리는 침실로 들어간다.)

블랑시 이리로 들어오지 말아요!

(섬뜩한 반사체들이 블랑시 주변 벽 위에 나타난다. 그림자들은 괴이하고 위협적인 형태다. 블랑시는 숨을 멈추고 전화기에 다가가서 전화기 걸이를 막 눌러 댄다. 스탠리는 욕실로 들어가 문을 닫는다.)

교환, 교환! 장거리 전화 부탁해요……. 댈러스에 있는 셰프 헌틀리 씨에게 연락하고 싶어요. 그분은 아주 유명해서 주소가 필요 없어요. 아무한테나 물어보세요, 잠깐만요! 아니요, 지금 당장은 못 찾겠어요……. 제발 이해해 주세요, 나는, 아니, 안 돼요, 기다려요! ……잠깐만! 누군가가…… 아무것도 아니에요! 기다려요, 제발!

(블랑시가 전화기를 내려놓고 부엌으로 조심스럽게 들어간다. 이 밤은 정글 속 울음소리같이 사람 소리가 아닌 소리로 가득 차 있다.)

(그림자들과 무시무시한 반사체들이 불꽃처럼 벽면을 따라 구불

구불하게 움직인다.)

(투명해진 방들의 뒷벽을 통해 인도가 보인다. 창녀가 술 취한 사람을 털고 있다. 취한 사람은 인도를 따라 창녀를 쫓아가 붙잡고 몸싸움이 벌어진다. 경찰의 호루라기 소리가 들리자 싸움을 멈춘다. 둘은 사라진다.)

(잠시 뒤 흑인 여자가 창녀가 길 위에 떨어뜨린 금속 조각이 달린 가방을 들고 모퉁이를 돌아 나타난다. 그녀는 흥분해서 가방을 뒤진다.)

(블랑시는 주먹으로 입술을 누르며 천천히 전화기 옆으로 돌아온다. 그녀는 쉰 목소리로 나지막하게 말한다.)

블랑시 교환! 교환! 장거리 전화는 그만 됐어요. 웨스턴 유니언을 대 주세요. 시간 없어요, 웨스턴, 웨스턴 유니언이요!

(블랑시는 초조해하며 기다린다.)

웨스턴 유니언이에요? 네! 나는, 이 메시지를 받아 적어요! "절박한, 절박한 상황임! 도와주세요! 덫에 걸렸음. 걸렸음." 이런!

(화장실 문이 활짝 열리면서 화려한 실크 잠옷을 입은 스탠리가

등장한다. 스탠리는 술이 달린 띠를 허리에 매면서 블랑시를 보고 씩 웃는다. 블랑시는 숨을 멈추고 전화기에서 물러난다. 스탠리는 열을 셀 시간 동안 블랑시를 뚫어지게 바라본다. 그러자 전화기에서 딸까닥거리는 소리가 계속해서 귀에 거슬리게 들려온다.)

스탠리 전화기를 잘못 내려놓았구먼.

(스탠리는 의도적으로 전화기에 다가가 걸이 위에 올려놓는다. 전화기를 제자리에 올려놓고 나서 스탠리는 다시 블랑시를 응시한다. 블랑시와 바깥 문 사이를 왔다 갔다 하면서 스탠리는 서서히 입술을 움직여 미소 짓는다.)

(거의 들리지 않던 「블루 피아노」가 점점 더 크게 들린다. 그 소리는 다가오는 기관차 굉음으로 변한다. 블랑시는 기차가 지나갈 때까지 주먹을 귀에 대고 웅크린 채 앉아 있다.)

블랑시 (마침내 몸을 일으키면서) 나 좀, 나 좀 옆으로 지나갈게요!

스탠리 내 옆을 지나가겠다고! 물론이오. 그러쇼. (스탠리가 문 쪽으로 한 발 물러선다.)

블랑시 당신은, 당신은 거기 서 있어! (블랑시는 더 뒤쪽을 가리킨다.)

스탠리 (히죽 웃으며) 내 옆으로 지나갈 자리가 충분한데 그래.

블랑시 당신이 거기 있는 한 그렇지 않아요! 어쨌든 난 빠져나가야 해!

스탠리 내가 방해라도 할 것 같소? 하 하!

(「블루 피아노」가 부드럽게 들린다. 블랑시는 당황해서 몸을 돌리고 알 수 없는 몸짓을 한다. 사람의 소리가 아닌 정글의 소리들이 커진다. 입술 사이로 내민 혀를 깨물며 스탠리가 블랑시에게 한 걸음 다가간다.)

스탠리 (부드럽게) 생각해 보니까, 처형을 못 지나가게 막는 것도 나쁘지 않을 것 같은데…….

(블랑시는 뒷걸음을 쳐서 문을 통해 침실로 들어간다.)

블랑시 물러서! 한 걸음만 더 다가오면, 나는…….

스탠리 뭐?

블랑시 아주 끔찍한 일이 벌어질 거야! 그렇게 될 거야!

스탠리 무슨 수작을 부리는 거야, 지금?

(이제 둘 다 침실 안에 들어와 있다.)

블랑시 내가 경고했어, 그러지 마. 난 위험에 처했어!

(스탠리가 한 발 다가선다. 블랑시는 탁자에 대고 병 하나를 깨어

부서진 병 끝을 들고 스탠리에 맞선다.)

스탠리 왜 그러는 거야?

블랑시 깨진 병 끝을 당신 얼굴에 대고 비틀려고 그래!

스탠리 능히 그럴 수 있을걸!

블랑시 하고말고! 할 거야, 당신이 만약……

스탠리 아! 그래, 한바탕 싸워 보자 이거군! 좋았어, 한번 싸워 보자고!

(스탠리는 탁자를 뒤집어엎으며 블랑시에게 달려든다. 블랑시는 소리를 지르며 병 끝으로 스탠리를 치지만 스탠리는 블랑시의 손목을 붙잡는다.)

호랑이, 호랑이야! 병을 놔! 놓으라고! 처음부터 우리는 이렇게 만나게 되어 있었어!

(블랑시가 신음 소리를 낸다. 병이 떨어진다. 블랑시는 무릎을 꿇는다. 스탠리가 블랑시의 축 늘어진 몸을 들어서 침대로 데려간다. 강렬한 트럼펫과 드럼 소리가 포 듀스에서 크게 들려온다.)

11장

몇 주일 뒤. 스텔라가 블랑시의 짐을 꾸리고 있다. 욕실에서는 물 흐르는 소리가 들린다.

스탠리, 스티브, 미치, 파블로 등 포커꾼들 쪽으로 칸막이가 약간 열려 있다. 이들은 부엌의 식탁에 둘러앉아 있다. 지금 부엌 분위기는 끔찍했던 포커 치던 날 밤과 같이 야하고 선정적이다.

건물은 터키석 색깔의 하늘로 둘러싸여 있다. 스텔라는 열린 가방 안에 든 꽃무늬 드레스를 정리하면서 울고 있다.

유니스가 2층 집에서 내려와 부엌으로 들어온다. 포커 판에서는 시끌벅적한 소리가 난다.

스탠리 인사이드 스트레이트를 노리고 결국 해냈구먼.

파블로 말디타 세아 투 수에르토!

스탠리 우리말로 해, 멕시코 놈아.

파블로 운이 더럽게 좋다고 욕했다.

스탠리 (아주 의기양양해서) 자네 행운이 뭔지 아나? 행운이란 자신이 운이 좋다고 믿는 그 자체야. 살레르노에서 겪은 일을 말해 주지. 나는 내가 운이 좋다고 믿었어. 다섯 중 넷이 실패해도 나만은 성공할 수 있다고 생각했어……. 그리고 난 해냈어. 이게 내 원칙이라고. 이 대가리 터지는 생존경쟁에서 앞서려면 스스로 운이 좋다고 믿어야만 해.

미치 너…… 너…… 넌…… 허풍선이…… 허풍선이야……. 말도 안 되는 소리…… 말도 안 되는 소리야.

(스텔라는 침실로 들어가서 드레스를 갠다.)

스탠리 저 친구 뭐가 문제야?

유니스 (탁자 옆을 지나면서) 난 남자들이 감정 없는 냉정한 동물이라고 늘 말해 왔지만 이번 일은 도가 지나쳐. 돼지처럼 실컷 처먹기나 하고. (유니스는 커튼을 지나서 침실로 들어간다.)

스탠리 저 여자는 왜 저러는 거야?

스텔라 아기는 어때요?

유니스 천사처럼 자고 있어. 포도를 좀 가져왔어. (포도를 의자 위에 올려놓고 목소리를 낮춘다.) 블랑시는?

스텔라 목욕하고 있어요.

유니스 어떤 상태야?

스텔라 아무것도 먹지 않으려 하고 마실 것만 찾아요.

유니스 언니한테 뭐라고 말했어?

스텔라 시골에서 쉴 수 있도록 우리가 준비를 해 놓았다고만 말했어요. 언니는 그걸 셰프 헌틀리하고 헷갈리는 것 같아요.

(블랑시가 목욕탕 문을 조금 연다.)

블랑시 스텔라.

스텔라 응, 언니?

블랑시 내가 목욕하는 동안 누가 전화하면, 번호를 받아 두고 곧 전화한다고 말해 줘.

스텔라 응.

블랑시 저 시원한 노란색 실크, 부클레 옷 말이야. 구겨졌나 좀 보렴. 심하게 구겨지지 않았으면 그걸 입고 은과 터키석으로 만든 해마 모양 핀을 옷깃에 꽂을 거야. 장신구를 넣어 두는 하트 모양 상자 안에 있을걸. 그리고 스텔라…… 상자 속에서 해마

핀이랑 같이 재킷 깃에 꽂을 인조 제비꽃 다발도 찾아 볼래.

(블랑시는 목욕탕 문을 닫는다. 스텔라는 유니스를 향해 돌아선다.)

스텔라 잘하는 짓인지 모르겠어요.

유니스 달리 어떻게 하겠어?

스텔라 언니 말을 믿으면서 스탠리랑 같이 살 수는 없어요.

유니스 절대로 믿지 마. 인생은 계속되어야 하는 거야. 무슨 일이 벌어지든지 계속 되어야 한다고.

(목욕탕 문이 조금 열린다.)

블랑시 (내다보면서) 바깥에 아무도 없니?

스텔라 응, 언니. (유니스에게) 언니에게 멋져 보인다고 얘기 좀 해 줘요.

블랑시 내가 나가기 전에 커튼 좀 쳐 줘.

스텔라 쳤어.

스탠리 너는 몇 장?

파블로 두 장.

스티브 세 장.

(블랑시가 호박색 조명을 받으며 등장한다. 몸매가 드러나는 붉은 가운을 입은 모습에서 비극적인 빛이 돈다. 블랑시가 침실로 들어오

자「바수비아나」음악이 들리기 시작한다.)

블랑시 (약간 히스테릭한 명랑함을 띠며) 지금 막 머리를 감았어.

스텔라 그랬어?

블랑시 비눗기가 다 빠졌나 모르겠네.

유니스 머릿결이 좋기도 해라!

블랑시 (칭찬을 받아들이면서) 그게 문제예요. 전화 안 왔니?

스텔라 누구한테서, 언니?

블랑시 셰프 헌틀리…….

스텔라 이런, 아직 안 왔는데, 언니!

블랑시 정말 이상하구나! 나는…….

(블랑시의 목소리가 들리자 카드를 들고 있던 미치의 팔이 아래로 내려오고 그의 시선이 허공을 향해 풀어진다. 스탠리가 미치의 어깨를 두드린다.)

스탠리 이봐, 미치, 정신 차려!

(이 새로운 목소리에 블랑시가 충격을 받는다. 그녀는 놀란 몸짓을 하며, 미치의 이름을 입술로 움직여 본다. 스텔라는 고개를 끄덕이면서 재빨리 외면한다. 블랑시는 잠시 가만히 서 있다. 뒷면이 은으로 된 거울을 손에 들고, 인간의 모든 경험이 얼굴에 드러나듯 슬프고 복잡한 표정을 하고 있다. 블랑시가 마침내 갑작스럽게 히스테

릭한 흥분상태에서 입을 연다.)

블랑시 여기서 무슨 일이 벌어지고 있는 거니?

(블랑시는 스텔라를 보다가 유니스를 보고 다시 스텔라를 향한다. 커지는 블랑시의 목소리가 열기를 띤 포커 게임 속을 파고든다. 미치는 머리를 아래로 숙이지만 스탠리는 일어나려는 듯 의자를 뒤로 민다. 스티브가 스탠리의 팔을 잡고 말린다.)

블랑시 (계속해서) 무슨 일이야? 무슨 일이 벌어진 건지 설명 좀 해 봐.

스텔라 (고통스러워하며) 쉿! 쉿!

유니스 조용! 조용! 블랑시.

스텔라 제발, 언니.

블랑시 왜 그렇게 나를 바라보는 거야? 나한테 무슨 문제가 있는 거니?

유니스 블랑시, 아주 멋있어 보여요. 멋져 보이지?

스텔라 네.

유니스 여행을 떠난다면서요.

스텔라 네, 언니가요. 언니가 휴가를 간다고요.

유니스 부러워 죽겠어요.

블랑시 나 옷 입는 것 좀 도와줘, 도와 달라고!

스텔라 (드레스를 건네주면서) 이게 언니가 고른…… .

블랑시 그래, 그거면 됐어! 여기서 빨리 벗어나고 싶어.

이곳은 올가미야!

유니스 파란 재킷이 예쁘기도 하지.

스텔라 라일락 색이에요.

블랑시 둘 다 틀렸어요. 그건 델라 로비아 파랑이에요. 옛날 성모 마리아 그림에 나오는 푸른 가운 색깔이에요. 저 포도는 씻은 건가요?

(블랑시는 유니스가 가지고 들어온 포도송이를 손가락으로 만져 본다.)

유니스 응?

블랑시 씻은 거냐고 했어요. 씻은 건가요?

유니스 프렌치 마켓에서 사온 거예요.

블랑시 그게 씻었다는 말은 아니지요. (성당 종소리가 울린다.) 저 성당 종소리, 쿼터 지역에서 유일하게 깨끗한 거예요. 자, 이젠 가야겠어. 갈 준비 다 됐어요.

유니스 (속삭이면서) 그 사람들 오기 전에 언니가 밖으로 나가겠는데.

스텔라 언니, 기다려.

블랑시 저 사람들 앞을 지나가고 싶지 않아.

유니스 그럼 포커가 끝날 때까지 기다려요.

스텔라 앉아 봐, 그리고…….

(블랑시가 힘없이 주저하며 돌아선다. 블랑시는 다른 두 여자가

자신을 의자에 앉히도록 가만히 있다.)

블랑시 바다 공기 냄새가 나네. 내 여생을 바닷가에서 보내고 싶어. 그리고 죽을 때, 바다 위에서 죽을 거야. 내가 어떻게 죽을지 알아요? (포도를 하나 잡아 뜯는다.) 어느 날 바다 한가운데서 씻지 않은 포도를 먹고 죽을 거예요. 난 죽을 거예요, 선박의 잘생긴 담당 의사, 자그마한 금빛 콧수염과 커다란 은시계를 찬 아주 젊은 남자의 손에 내 손을 맡긴 채. 사람들은 말할 거야. "불쌍한 부인, 키니네도 소용없군. 씻지 않은 포도가 그녀를 천국으로 보냈어."라고. (성당 종소리가 들린다.) 그리고 나는 깨끗하고 하얀 자루에 싸여 바다에 잠길 거야. 한낮, 여름 햇살 속에서, (종소리가 다시 울린다.) 내 첫사랑의 눈동자처럼 푸른 바다 속으로 떨어져!

(의사와 수간호사가 건물 모퉁이를 돌아 나타나 현관 앞으로 이어지는 계단을 오른다. 직업이 주는 엄숙함이 과장되어 있다. 냉소적인 거리감을 보이는 공공 요양원의 분위기가 물씬 난다. 의사가 초인종을 누른다. 포커를 치며 웅성거리던 소리가 멈춘다.)

유니스 (스텔라에게 속삭인다.) 그 사람들인가 봐.

(스텔라는 주먹으로 입술을 누른다.)

블랑시 (천천히 일어서면서) 뭐예요?

유니스 (아무 일도 아닌 척하며) 잠깐만, 현관에 누가 왔는지 보고 올게요.

블랑시 그러세요.

(유니스는 부엌으로 들어간다.)

블랑시 (긴장한 채) 날 만나러 온 사람들인지 모르겠네.

(현관에서 사람들이 작은 소리로 이야기를 나눈다.)

유니스 (명랑한 모습으로 돌아오며) 누가 블랑시를 찾고 있어요.

블랑시 그럼 나를 찾아온 거군요! (블랑시는 두려워하면서 두 사람을 번갈아 돌아보다가 칸막이를 바라본다. 「바수비아나」 음악이 희미하게 들린다.) 내가 기다리던 댈러스에서 온 신사분인가?

유니스 그런 것 같아요, 블랑시.

블랑시 아직 준비가 덜 되었는데.

스텔라 그 사람 보고 바깥에서 기다리라고 해요.

블랑시 나는…….

(유니스가 커튼 쪽으로 다시 간다. 드럼 소리가 약하게 들린다.)

스텔라 짐은 다 쌌어?

블랑시 내 은제 화장 도구는 아직 넣지도 않았어.

스텔라 아!

유니스 (다시 돌아오면서) 집 앞에서 사람들이 기다리고 있어요.

블랑시 사람들이라니! 그 '사람들'이 누구예요?

유니스 어떤 숙녀 분이 남자랑 같이 있어요.

블랑시 그 '숙녀'가 누군지 짐작도 못 하겠어요! 옷은 어떻게 입었나요?

유니스 그냥 평범한, 정장이던데요.

블랑시 아마도 그 여자는……. (블랑시의 목소리가 불안해하며 잦아든다.)

스텔라 우리 나갈까, 언니?

블랑시 저 방을 지나가야 하니?

스텔라 내가 같이 나갈게.

블랑시 나 어떻게 보이니?

스텔라 예뻐.

유니스 (그대로 따라하며) 예뻐요.

(블랑시가 겁을 내며 칸막이 쪽으로 다가간다. 유니스가 블랑시를 위해 칸막이 커튼을 열어 준다. 블랑시가 부엌 안으로 들어간다.)

블랑시 (남자들에게) 일어나지 말아요. 나는 그냥 지나가는 것뿐이에요.

(블랑시는 재빨리 바깥문까지 간다. 스텔라와 유니스가 뒤를 따른다. 포커꾼들은 탁자 곁에서 엉거주춤 서 있다. 미치만 그대로 앉아서 탁자를 바라보고 있다. 블랑시가 현관문 옆의 작은 베란다에 다가선다. 블랑시는 걸음을 멈춘다. 그리고 숨을 멈춘다.)

의사 안녕하세요?

블랑시 당신은 제가 기다리던 신사분이 아니에요. (블랑시가 갑자기 숨을 헐떡이며 계단을 다시 올라온다. 현관문 바깥에 서 있는 스텔라 옆에 멈춰 서서 겁에 질린 채 속삭인다.) 저 사람은 셰프 헌틀리가 아니야.

(「바수비아나」 음악 소리가 멀리서 들린다.)

(스텔라가 블랑시를 돌아본다. 유니스가 스텔라 팔을 잡고 있다. 침묵이 흐른다. 스탠리가 계속해서 카드를 섞는 소리만 들릴 뿐이다.)

(블랑시는 다시 숨을 멈춘다. 그리고 독특한 미소를 띠고 큰 눈을 빛내며 집 안으로 슬쩍 들어온다. 언니가 지나가자마자 스텔라는 눈을 감고 주먹을 쥔다. 유니스는 스텔라를 달래려고 두 팔로 감싸 주고는 자기 집으로 올라간다. 블랑시는 문 바로 안쪽에서 멈춰 선다. 미치는 탁자에 올려놓은 자기 손만 보고 있으며 다른 남자들은 호

기심에 차서 블랑시를 바라본다. 마침내 블랑시는 탁자를 돌아서 침실 쪽으로 들어간다. 그러자 스탠리가 갑자기 자기 의자를 뒤로 빼고 블랑시를 막아서려는 듯 나선다. 수간호사가 블랑시를 따라 집 안으로 들어간다.)

스탠리 뭐 잊어버린 게 있소?

블랑시 (날카롭게) 그래요! 그래, 잊은 게 있어요!

(블랑시가 스탠리를 지나쳐 침실로 재빨리 들어간다. 기이하고 구불구불한 모양의 그림자가 벽면에 섬뜩하게 나타난다. 「바수비아나」 음악이 정글에서 나는 울음소리와 소음과 어우러져 괴상하게 변형되어 흘러나온다. 블랑시는 자기 자신을 방어하려는 듯 의자 등받이를 꽉 잡는다.)

스탠리 (낮은 목소리로) 의사 선생, 선생이 들어가는 게 좋겠소.

의사 (낮은 목소리로 수간호사에게 몸짓을 하면서) 간호사, 여자를 데리고 나와요.

(수간호사가 한쪽에서, 스탠리가 반대 쪽에서 다가간다. 여성적인 부드러운 면이라고는 전혀 없는, 엄격한 복장을 한 수간호사는 유난히도 불길해 보인다. 그 목소리는 화재 경종처럼 강하고 단조롭다.)

수간호사 안녕하세요, 블랑시.

(인사말은 마치 바위 계곡에서 울리듯이 벽 뒤에서 나오는 다른 이상한 목소리들로 메아리친다.)

스탠리 뭔가 잊은 게 있다고 하네요.

(메아리가 위협적으로 속삭이듯 들려온다.)

수간호사 괜찮아요.

스탠리 처형, 뭘 잊어버렸소?

블랑시 나는, 나는…….

수간호사 상관없어요. 나중에 우리가 가져가면 되니까요.

스탠리 물론이오. 트렁크랑 같이 보내죠.

블랑시 (겁에 질려서 뒤로 물러나며) 난 당신을 몰라요. 난 당신을 몰라요. 제발 혼자 있게 해 줘요.

수간호사 자, 블랑시!

메아리 (소리가 높아졌다 낮아졌다 한다.) 자, 블랑시, 자. 블랑시, 자. 블랑시!

스탠리 당신이 여기 남긴 건 흘려 놓은 분가루와 오래된 빈 향수병들이 다요. 이 종이 등을 들고 가길 원하는 게 아니라면 말이야. 이 등을 원하는 거요?

(스탠리는 경대로 다가가서 종이 등을 잡고 전구에서 찢어 내어 블랑시에게 내민다. 블랑시는 종이 등이 자기 자신인 듯 비명을 지른다. 수간호사가 거칠게 블랑시에게 다가간다. 블랑시는 비명을 지

르면서 수간호사를 지나쳐 가려고 한다. 남자들이 모두 벌떡 일어난다. 스텔라는 현관 앞으로 달려가고 유니스가 스텔라를 위로하려고 뒤따른다. 이와 동시에 부엌에서 당황한 남자들의 목소리가 들린다. 현관 앞에서 스텔라는 유니스의 품 안으로 달려든다.)

스텔라 오, 하느님, 유니스, 도와줘요! 언니에게 저러지 못하게 해 줘요. 언니를 해치지 않게 해 줘요! 아, 하느님, 하느님, 제발, 언니를 다치게 하지 마세요. 저 사람들이 언니한테 무슨 짓을 하는 거예요? 저들이 무슨 짓을 하는 거예요? (스텔라는 유니스의 팔에서 뛰쳐나가려고 한다.)

유니스 안 돼, 스텔라. 안 돼, 그러지 마. 여기 있어. 안으로 들어가지 마. 나랑 같이 있어, 보지 말고.

스텔라 내가 언니한테 무슨 짓을 하는 거야? 아, 하느님, 내가 우리 언니한테 무슨 짓을 한 건가요?

유니스 옳은 일을 한 거야. 자기가 할 수 있는 유일한 방법이었어. 언니는 여기 있을 수 없어. 언니가 달리 갈 만한 곳도 없잖아.

(스텔라와 유니스가 현관 앞에서 나누는 이야기 소리와 부엌에서 들리는 남자들의 목소리가 겹친다. 미치가 침실로 뛰어 들어간다. 스탠리가 미치를 막으려고 건너간다. 스탠리는 미치를 옆으로 밀쳐 낸다. 미치는 돌진해서 스탠리를 때린다. 스탠리가 미치를 뒤로 밀친다. 미치는 식탁에 엎어져서 흐느껴 운다.)

(이런 일들이 벌어지는 동안 수간호사는 블랑시가 달아나지 못하도록 팔을 잡는다. 블랑시는 거칠게 돌아서서 수간호사를 할퀸다. 육중한 수간호사가 블랑시의 팔을 꽉 붙잡는다. 블랑시는 거칠게 소리를 지르다가 무릎을 꿇는다.)

수간호사 손톱을 다듬어야겠는데요. (의사가 방 안으로 들어오자 간호사가 의사를 바라본다.) 선생님, 구속복을 입힐까요?

의사 꼭 입힐 필요는 없지.

(의사가 모자를 벗자 좀 인간적으로 보인다. 비인간적인 면이 사라진다. 의사는 블랑시에게 다가가 그녀 앞에 몸을 굽히며 부드럽게 위로하는 목소리로 이야기한다. 의사가 블랑시의 이름을 부르자 블랑시의 공포는 다소 누그러든다. 무시무시한 그림자들이 벽에서 사라지고 사람의 소리가 아닌 비명과 소음도 가라앉자, 블랑시의 거친 외침도 진정된다.)

의사 두보아 씨.

(블랑시는 고개를 의사에게 돌리고 절박하게 호소하듯 의사를 응시한다. 의사는 미소를 지으며 수간호사에게 말한다.)

필요 없겠는데.

블랑시 (힘없이) 이 여자에게 저를 놔주라고 말해 주세요.

의사 (수간호사에게) 놔주시오.

(수간호사는 블랑시를 놓아준다. 블랑시는 의사에게 손을 내민다. 의사는 블랑시를 부드럽게 일으켜 자기 팔로 부축을 하며 커튼을 지나 데리고 나간다.)

블랑시 (의사의 팔에 바짝 붙어서) 당신이 누구든, 난 언제나 낯선 사람의 친절에 의지해 왔어요.

(블랑시와 의사가 부엌에서 현관문으로 가는 동안 포커꾼들은 물러서 있다. 블랑시는 마치 눈이 안 보이는 듯 의사가 자기를 인도하도록 내맡긴다. 둘이 현관 밖으로 나가자 스텔라는 몇 계단 위에서 쭈그리고 앉아 언니의 이름을 크게 부른다.)

스텔라 언니! 언니! 블랑시 언니!

(블랑시는 돌아보지 않고 계속 걸어가고, 의사와 수간호사가 뒤를 따른다. 셋이 건물의 모퉁이를 돌아서 간다.)

(유니스는 스텔라에게 내려가 아기를 안겨 준다. 아기는 연한 푸른색 담요로 싸여 있다. 스텔라가 흐느껴 울면서 아기를 받아 든다. 유니스는 아래층으로 내려가서 부엌으로 들어간다. 부엌에서는 스탠리를 뺀 남자들이 조용히 탁자의 자기 자리로 돌아가고 있다. 스탠

리는 현관 앞으로 나가 계단 발치에서 스텔라를 바라본다.)

스탠리 (약간 자신 없이) 스텔라?

(스텔라는 인간의 자제력을 잃고 거리낌 없이 운다. 이제 언니가 떠났기에 스텔라가 전적으로 자기를 내맡기며 우는 데는 사치스러운 면이 있다.)

스탠리 (관능적으로, 달래듯이) 자, 여보, 자, 내 사랑. 자, 자, 내 사랑. (스탠리는 스텔라 옆에 무릎을 꿇고 앉아서 손가락으로 그녀의 블라우스에 열린 곳을 찾는다.) 자, 자, 여보, 자, 여보…… .

(「블루 피아노」 소리와 약음기를 단 트럼펫 소리가 점점 커지면서 사치스러운 울음과 관능적인 웅얼거림은 약해진다.)

스티브 이번 게임은 세븐 카드 스터드야.

(막)

작품 해설

욕망을 좇았던 두 이야기
테네시 윌리엄스와 『욕망이라는 이름의 전차』

블랑시를 닮았던 테네시 윌리엄스의 생애

1911년 테네시 윌리엄스의 출생은 평생 그가 겪은 갈등을 축약해서 드러낸다. 그는 미시시피에서 아버지 코넬리우스 커핀 윌리엄스와 어머니 에드위나 다킨 사이에서 토마스 러니어 윌리엄스란 이름으로 태어났다. 아버지는 신발을 팔러 다니는 외판원이었고 어머니는 목사의 딸이었다. 아버지는 술 마시고 여행하고 포커를 즐기는 시끌벅적한 사람인 반면, 어머니는 아름답지만 히스테리 일보 직전의 예민한 사람이었다. 모계에는 정신 병력을 지닌 사람들이 많았다. 누나 로즈도 결국 정신 분열증으로 전두엽 절제 수술을 받고 평생 금치산자로 살아간다. 작가는 부모에게서 호남형과 청교도 기질을 모두 물려받았다. 이런 대조적인 부모와 현실에 적응하지 못하는 누이는 그의 작품에서 등장인물로 다시 태어나고 갈등의 축이 된다.

부친은 일 때문에 늘 집을 떠나 있었고, 윌리엄스는 목사였던 외조부의 목사관에서 성장했다. 그러나 온화한 날씨와 남부에서의 평온한 생활은 작가가 여덟 살 되던 해에 부친이 한 신발 회사의 세인트 루이스 지점장으로 승진함에 따라 도시로 이주하게 되면서 끝이 난다. 1918년 도시로의 이주는 그에게 잊을 수 없는 충격과 상처를 주었다. 예민했던 윌리엄스에게 도시 빈민가 생활은 큰 충격으로 다가왔다. 남부 사투리를 쓰던 남매는 아이들에게 놀림감이 되었으며, 푸른 숲과 풀밭 대신 꼬불꼬불 펼쳐진 삭막한 뒷골목은 박탈감만을 주었다. 변화에 적응하지 못하고 소심하기 짝이 없는 윌리엄스는 부친에게서 '미스 낸시'라는 놀림과 질책을 받고는 했다. 도시 생활에 적응하지 못했던 소년 윌리엄스에게 도피처는 독서와 글쓰기였다. 연극을 접해 보지 못한 윌리엄스는 시, 수필, 단편 소설을 쓰면서 위안을 삼았다.

청년 시절은 이 대학 저 대학을 전전하며, 문학을 통해 현실을 도피하던 기간이었다. 1929년 윌리엄스는 미주리 대학에 입학한다. 하지만 3학년 때 ROTC 시험에 실패하자 화가 난 부친은 아들을 대학에서 중퇴시킨다. 대공황이 미국을 휩쓸던 그 시절, 윌리엄스는 큰 물품 창고의 발송 담당 직원으로 근무하게 된다. 문학에 대한 꿈을 접지 못한 윌리엄스는 밤과 주말에 시와 단편 소설을 쓰면서 하루하루를 견딘다. 이 추억은 「유리 동물원」의 톰이란 인물로 되살아난다. 결국 건강을 해치게 된 윌리엄스는 직장을 그만두고, 멤피스에 살던 조부모를 방문하는데 그곳에서 비로소 자신의 재능을 발견한다.

윌리엄스는 샤피로라는 이웃과 함께 공동 작업으로 「카이로, 상하이, 봄베이!」라는 희극을 완성, 공연을 하기에 이른다. 비로소 자신이 희곡을 쓰는 데 재능이 있음을 알게 된 것이다. 1936년, 워싱턴 대학에 등록한 윌리엄스는 문학 작업에 더욱 몰두하면서 작품을 몇 편 발표하고 공연하게 된다. 다시 학교를 옮긴 윌리엄스는 1938년, 아이오와 대학을 졸업하고 학사 학위를 받는다. 대학을 졸업한 뒤 윌리엄스는 자신의 동성애적 성향을 확인하며 그 후 동성애자로 살아간다. 1939년, 윌리엄스는 자신의 이름을 테네시 윌리엄스로 개명한다. 테네시로 개명한 데에는 테네시주에서 활약한 아메리카 원주민과 대적한 무사들에 대한 공감대가 존재한다. 윌리엄스는 작가로 살아가는 것이 적들과 치열하게 맞서 싸우는 전투와 유사할 것이라는 각오와 함께 개명했다고 한다.

뉴욕으로 이주한 윌리엄스에게 기회는 찾아온다. 1940년, 윌리엄스는 존 가스너의 연극 워크숍에서 6개월간 극작 훈련을 받는다. 극작 훈련 뒤에도 식당 출납원 등 이 직장 저 직장을 전전하던 윌리엄스는 오드리 우드의 도움으로 MGM사의 시나리오 작가로 계약을 맺고 1943년 「신사 방문객」을 탈고한다. 영화사는 거부했지만, 그 작품은 「유리 동물원」으로 개작되어 연극사에 전설로 남는다. 미주리 대학 중퇴 이후 물품 창고에서 일하며 글을 썼던 자전적 경험을 담은 이 회상극은 고통스러운 추억에 어쩔 수 없이 묻어나는 그리움과 아련함을 서정적인 문체로 담아냈다. 1947년 『욕망이라는 이름의 전차』가 세상에 나오면서 윌리엄스는 유진 오닐의 뒤를 잇는 미국의 대표 극작가 반열에 오른다. 작가는 엘리아 카잔 감독과도 교분을 쌓았고 감독이 설립한 액터스 스튜디오를 통해서 윌리엄스 작품에 어울리는 배우들이 배출된다. 스타니슬랍스키의 연기술을 도입, 인물과 배우의 일체감을 강조하는 '메소드 연기술'을 교육했던 이 스튜디오는 말론 브란도, 몽고메리 클리프트, 폴 뉴먼 등을 탄생시켰다.

윌리엄스의 전성기는 이미 시작되었다. 작가는 이 년마다 대표작을 쏟아 내면서 명성을 굳힌다. 「여름과 연기」 「장미 문신」 「뜨거운 양철지붕 위의 고양이」 「오르페우스 하강하다」 「이구아나의 밤」 등이 이때에 나온 걸작들이다. 그의 연극은 사실주의에 기초하면서도 풍부한 상징과 시적 이미지가 넘친다. 언어에서뿐만 아니라 무대장치, 소품, 인물의 의상, 조명 등을 통해서 작가는 관객의 공감각에 호소하는 무대를 만들어 냈다. 그 세계는 냉정하고 경쟁적이고 낙오자를 짓밟는 곳이며, 예민한 인물들은 억압하는 현실에서 도피하기 위한 여러 방편을 모색한다. 그 도피는 종종 환상을 향한 것이기에 그의 극은 현실을 넘어선 세계에 대한 추구가 함께한다. 도피할 수 없다면 「뜨거운 양철 지붕 위의 고양이」의 매기처럼 그 자리에서 펄쩍펄쩍 뛸 수밖에는 없는 것이다.

윌리엄스의 극에서 현실은 그렇게 녹록한 곳이 아니다. 윌리엄스가 어린 시절을 보냈던 남부는 작품 안에서 향수를 일으키는 공간이지만 현실로부터 유리된, 그리고 이미 이상향의 향기를 잃어버린 쇠락한 곳으로 그려진다. 성과 폭력 그리고 술에 대한 탐닉은 예민한 인물도, 거칠고 현실적인 인물도 피할 수 없는 덫이다. 예민한 인물들은 현실에서 겪은 좌절을 그것들로 달랬고, 현실적인 인물들은 그것들을 통해 더 큰 승리를 과시했다.

윌리엄스의 희곡들은 브로드웨이에서만 환영을 받은 것이 아니라 영화로도 관객을 찾았다. 갈등하고 고뇌하며 탐닉하고 절규하는 윌리엄스의 인물들은 말론 브란도, 비비안 리, 엘리자베스 테일러, 폴 뉴먼, 캐서린 헵번 등을 통해서 스크린에서 되살아났다. 이 영화들을 통해서 윌리엄스의 작품들은 미국인의 초상을 보여 주는 문화 주류로 자리 매김하게 된다.

하지만 전성기는 영원히 계속될 수 없기에 전성기라고 불린다. 1960년대는 흑인 해방, 여성 해방, 베트남 전쟁과 함께 사회적 이슈를 담은 글들과 전위적 예술가들이 각광받던 시대였다. 술과 마약에 탐닉하던 윌리엄스는 작품을 꾸준히 발표하기는 했으나 이미 연극계의 주류에서 멀어져 있었으며, 인간관계에서도 고립된 상태가 되고 만다. 『이구아나의 밤』을 끝으로 윌리엄스의 사라져 가는 낭만에 대한 엘레지는 대중과 평단의 관심을 더 이상 받지 못했다.

1960년대 이후의 그의 작품은 전성기 때의 주제와 인물의 재생산이라는 평을 받게 된다. 1963년, 그의 오랜 파트너였던 프랑크 멀로가 사망하고, 그의 고독은 깊어진다. 결코 문학도 글쓰기도 포기하지 않았던 윌리엄스는 1975년, 자신의 문제 많은 사생활을 과감하게 드러내는 『자서전』을 발표하여 세상을 깜짝 놀라게 한다. 1980년, 어머니가 사망하고, 3년 후인 1983년, 윌리엄스는 호텔방에서 병마개가 목에 걸려 세상을 떠난다. 블랑시가 그토록 갈구하던 친절을 베풀어 줄 낯선 사람도 곁에 없이 그는 혼자, 떠돌이 외판원처럼 뉴욕의 한 호텔 방에서 이 세상을 등졌다.

우리 모두의 초상, 『욕망이라는 이름의 전차』

1947년에 발표한 『욕망이라는 이름의 전차』로 테네시 윌리엄스는 유진 오닐 이후 최고의 미국 극작가로 떠오른다. 윌리엄스는 이 극으로 뉴욕 극비평가상과 퓰리처상을 수상한다. 1947년 12월 3일에 시작된 뉴욕 공연은 무려 855회 동안 계속되었으며 300만 달러나 벌어들였다. 말로 브란도는 스탠리 역할을 맡아, 야생마 같은 남성미의 전형으로 부각되었다. 희곡은 곧 말로 브란도와 비비안 리 주연으로 영화화되었으며 영화 또한 고전의 반열에 들어섰다.

이 작품의 배경은 뉴올리언스의 빈민가이다. 가난한 사람들이 살기는 하지만, 골목만 돌면 블루스 피아노 소리가 들려오고 강가에서는 훈풍이 불어오는, 안온함과 서정성이 느껴지는 곳이다. 이곳에서 미군 특무 상사 출신의 외판원인 스탠리와 부유한 남부 귀족 집안 출신의 스텔라가 행복하게 살고 있다. 어느 5월, 연락도 없이 찾아온 스텔라의 언니 블랑시에 의해서 두 남녀가 살던 작은 집은 평온이 깨어진다. 사사건건 과거 자신 집안의 영광을 들먹이며 동생이 사는 방식과 제부의 행동거지를 비판하는 블랑시는 환영받지 못하는 귀찮은 친척

일 뿐이다. 11장으로 구성된 이 극의 중반 지점인 5장부터 귀부인인 척하던 블랑시의 실제 정체가 서서히 밝혀진다. 그녀는 사실 동성애자 남편의 자살 이후 낯선 남자들과 잠자리를 같이하고, 고등학생까지 유혹해 직장인 학교와 고향에서 추방된 상태였던 것이다. 스탠리의 폭로로 블랑시는 교제하던 미치와도 헤어지게 되고 극도의 정신 혼란 상태에서 스탠리에게 겁탈당한다. 결국 현실과의 연결 고리를 놓아 버린 블랑시는 정신 병원으로 끌려가고 아이를 낳은 스텔라는 언니가 떠나는 것을 애통해하면서도 스탠리에게 남는다.

시나 단편 소설이 개작된 다른 희곡 작품들과 달리 이 극은 바로 희곡으로 쓰였으며 따라서 구성 또한 탄탄하다. 극은 5월의 어느 날, 블랑시의 등장으로 시작해서 가을, 그녀의 퇴장으로 막을 내린다. 블랑시와 스탠리의 재산 문제뿐 아니라 문화, 어법, 예법을 둘러싼 기 싸움은 처음부터 치열하다. 삶이 곧 처절한 전쟁터임을 암시하는 카드놀이는 3장과 11장에 포진한다. 블랑시가 미치에게 매력을 발산하고, 문화적 우월감을 과시하는 3장에서는 스탠리의 포커 운이 저조하기만 하다. 그러나 스탠리에게 짓밟힌 블랑시가 정신 병원에 끌려가는 11장에서 스탠리는 승승장구한다. 블랑시와 스탠리의 기세 대결은 중반 이후 균형을 잃는다. 윌리엄스의 『유리 동물원』에서도 나타난 '망쳐진 행사'라는 모티프는 8장과 9장, 비참한 생일 파티에서 재현되며 블랑시의 몰락을 가속화한다. 하지만 블랑시의 몰락으로 그녀의 매력이 감소하는 것은 아니다.

이 극은 남부의 사라진 영광에 연연해하며 현실과 환상 사이를 오가는 독특한 여성 인물을 만들어 냈다. 섬세하고 서정적이며, 전통과 문화를 알지만 냉혹한 현실에 적절히 대응하지 못하고, 적응하지도 못하며 환상이나 과거, 때로는 방탕함으로 도피하는 여성. 블랑시뿐만 아니라 「유리 동물원」의 아만다, 「여름과 연기」의 앨마에서도 그 모습은 발견된다. 윌리엄스의 어머니와 누나의 흔적이 결합된 이 인물들은 잃어버린 것에 대한 향수를 불러일으킨다. 이들은 계산하고 따지고 경쟁에서 낙오한 사람은 가차 없이 배제해 버리는 현대 산업 사회가 과연 정당한가를 묻는다. 블랑시는 남부의 영광을 상징하는 거대한 농장을 잃어버린다. 그 농장의 이름은 '벨 리브', 아름다운 꿈이란 뜻이다. 꿈을 잃고 가문의 몰락과 친척의 죽음을 목격하고, 사랑했던 어린 남편의 자살까지도 경험한 블랑시의 도피처는 욕망이었다. 그녀에게 욕망은 죽음의 반대자리에 놓여 있다. 누구든 낯선 이의 친절에 의지할 수밖에 없던 블랑시는 급변하는 사회에서 변화를 따라가지 못하고 좌절해 버린 많은 미국인들을 대변했다. 블랑시는 거짓을 말하고도 남을 속였지만 마음속으로는 결코 거짓을 말하지 않았다고 항변한다. 자신은 진실을 말한 것이 아니라 진실이어야만 하는 것을 말했다고 하는 그녀의 주장은 타락한 상황에서도 위엄을 드러낸다. 그녀는 20세기의 가장 매력 있고, 애처로우면서도 품격 있는 인물이 되었다.

블랑시가 섬세함, 과거나 환상에의 도피를 나타낸다면 스탠리 코왈스키는 강인하고 육적이며, 현실적인 힘의 논리를 드러낸다. 스탠리의 의상은 원색이며 그의 친구들의 의상 또한 그렇다. 이들은 현실에 기초한다. 현실은 포커와 볼링 게임과 같이 경쟁이 벌어지는 곳이다. 스탠리의 삶의 원천은 여성과의 관계다. 인물 묘사에서부터 스탠리의 중심은 육체적 쾌락임이 강조된다. 치열한 경쟁에서 살아남을 수 있는 원동력 또한 성에서 온다. 아내 스텔라와의 관계도 이에 기초한다. 극의 마지막에서 정신이 혼란한 상태의 블랑시를 겁탈함으로써 완벽한 승리를 거두는 것도, 경쟁에서의 승리와 성적 욕구를 삶의 축으로 삼는 스탠리를 생각할 때 이해할 만한 행동이다.

블랑시가 과거와 환상에 연연한다면 스텔라는 현실에 적응하면서 살아간다. 그녀는 하얀 기둥이 거대하게 버티고 있던 남부의 저택을 버리고 스탠리와의 색 전등이 돌아가는 육욕의 밤을 택한다. 언니를 사랑하지만 스탠리가 주는 육체적, 정서적 만족을 거부할 수는 없다. 극의 마지막, 스탠리가 언니를 겁탈했다는 사실을 알면서도 스탠리의 애무를 받아들이는 스텔라, 스텔라를 통해서 이 극은 어쩔 수 없이 계속되는 현실의 논리를 보여 준다.

죽은 옛 애인을 그리는 미치는 외로운 사람이다. 역시 외로운 블랑시는 그 외로움을 간파하고, 둘은 어쩌면 구원이 될지 모를 사랑을 한다. 병 든 어머니에 의지하며 살아가던 미치에게 블랑시는 돌파구일 수도 있었다. 하지만 미치는 블랑시의 과거를 포용할 만한 그릇이 되지 못했다. 미치는 블랑시를 거리의 여자로 취급하고, 정신 병원에 끌려가는 것을 바라보고만 있다. 극의 마지막에서 미치가 스탠리를 공격하지만 블랑시에게 아무 도움도 되지 않는다. 그는 비상식 앞에서 어쩌지 못

하는 현실의 무기력한 인간이다.

위 인물들의 애증과 갈등을 통해서 기본적인 주제는 다 드러났다. 현실과 과거의 대립, 환상과 현실의 대립, 남부 전원 사회와 도시에서의 삶 사이의 대조와 대립, 건강한 성과 왜곡된 성의 대립, 스텔라를 둘러싼 스탠리와 블랑시의 애정 대결 등이 이 극에서 찾을 수 있는 주제들이다.

이 극에는 상징이 가득하다. 극의 제목인 '욕망이라는 이름의 전차'는 실제로 뉴올리언스에서 운행되는 전차 이름이다. 블랑시는 '욕망'이라는 이름의 전차를 타고, '묘지'라는 이름의 전차로 갈아타고 '극락'이라는 곳에 와 동생을 찾는다. 블랑시는 남편과 친척의 연이은 죽음의 반대 축으로 '욕망'을 택했지만, 결국 '묘지(죽음)'의 기차를 타게 된다. 더 큰 아이러니는 블랑시가 도착한 곳이 결코 '극락'이 되지 못한다는 것이다. 스텔라와 스탠리에게는 이상향일지 모르지만 말이다. 실제의 기차 이름을 가져와 상징성과 아이러니를 부가하고 블랑시의 운명의 결말까지도 암시한다는 점에서 이 극의 제목은 탁월하다. 블랑시가 사다가 전구에 씌운 '종이 등'도 상징성을 지닌다. 종이 등은 알전구 앞에서 자신의 초라한 실체를 보이고 싶지 않은, 감추고 꾸미고 싶은 블랑시의 마음을 상징한다. 하지만 극의 종반부에 이르러 미치와 스탠리에 의해서 종이 등은 찢기고, 블랑시는 자신의 몸이 찢긴 듯 비명을 지른다. 냉혹한 현실주의자들 앞에서 블랑시의 환상은 찢겨 나가고 타락한 여자라는 정체는 알전구 앞에서 적나라하게 드러난다. 스탠리를 비롯한 남성 인물들은 원색 의상을 즐겨 입는 반면, 블랑시는 나방같이 흰 옷을 입는다. 원색 옷을 입은 남성들이 원색적으로 인생을 즐길 때, 블랑시는 나방같이 떠돌며 바스라지기 쉬운 외면과 내면을 드러낸다. 스탠리는 원색 옷뿐만 아니라 생고기와도 연류된다. 작품의 도입부에 스탠리는 스텔라를 향해 '생고기'를 던지고 스텔라는 그것을 받으며 자지러지게 웃는다. 둘의 관계가 극히 육적인, 성적인 관계임을 암시하는 것이다.

『욕망이라는 이름의 전차』의 언어는 무척이나 시적이다. 특히 영어 교사 출신에 뛰어난 감성을 지닌 블랑시의 대사는 서정적이면서도 강한 폭발력을 갖는다. 그녀가 스텔라를 향해서 문명의 발전을 토로하며 원시인의 세계에만 머물지 말 것을 강변하는 장면이나, 자신의 정체를 알고 모욕하려는 미치에게 죽음과 욕망을 대비하면서 과거사를 솔직하게 털어놓는 장면은 유창하면서도 시적이고, 상징이 가득하며 운율이 있는 명대사이다.

이 극은 노골적인 성적 대사와 장면으로 공연 초기에는 비판을 받기도 했지만 미국의 고전으로 자리매김했다. 아니 미국의 고전이 아니라 전 세계에서 끊임없이 공연되는 우리의 고전이 되었다. 우리나라에서도 1950년대에 극단 신협이 공연한 이후 꾸준히 무대에 오르고 있다. 이는 이 극이 단지 남부 출신의 신경과민 여성의 이야기만이 아니라, 사랑과 꿈을 잃었지만 새로운 사랑을 그리며, 그 사랑이 올 수 없다면 거짓으로라도 만들려 하는 우리 인간 모두의 아픈 초상을 그렸기 때문일 것이다.

2007년 가을

김소임

작가 연보

1911년　미시시피주의 콜럼버스에서 태어나다. 출생 당시 토머스 레이니어 윌리엄스란 이름이 붙여졌지만 후에 개명한다.

1918년　7월, 세인트루이스로 이주했다.

1929년　미주리 대학에 입학했다.

1935년　소극「카이로, 상하이, 봄베이!(Cairo, Shanghai, Bombay!)」를 멤피스에서 공연했다.

1936년　세인트루이스 소재 워싱턴 대학에 등록했다.

1937년　첫 장막극『태양을 향한 촛불을(Candles to the Sun)』을 세인트루이스에서 공연했다.

「도망자(Fugitive Kind)」를 세인트 루이스에서 공연했다.

누나 로즈가 전두엽 제거 수술을 받았다.

9월, 아이오와 대학으로 전학했다.

1938년 아이오와 대학에서 영문학으로 학사 학위를 취득했다. 1940년까지 미국과 멕시코 등지를 떠돌며 작품 활동을 펼쳤다.

1939년 테네시 윌리엄스라는 필명을 처음 사용했다.

1940년 뉴욕으로 이주했다.
존 가스너의 극작가 워크숍에 등록하고, 엘리베이터 안내원 등 여러 직업을 전전했다.

1943년 MGM 사와 시나리오 작가로 계약했다.
「신사 방문객(The Gentleman Caller)」 시나리오를 MGM에 보냈으나 거절당했다.

1944년 「신사 방문객」을 개작한 「유리 동물원(The Glass Menagerie)」을 시카고에서 초연했다.

1945년 브로드웨이에서 「유리 동물원」이 공연되었다. 뉴욕 극비평가상을 수상했다.

1947년 여름, 연인이자 동료인 프랭크 멀로를 만났다.
겨울, 엘리아 카잔의 연출로 「욕망이라는 이름의 전차(A Streetcar Named Desire)」를 브로드웨이에서 초연했다. 이후 엘리아 카잔 감독과의 공동 작업이 수년간 지속됐다. 뉴욕 극비평가상과 퓰리처상을 수상했다.

1948년 「여름과 연기(Summer and Smoke)」를 브로드웨이에서 초연했다.

1949년 『한쪽 팔과 다른 이야기들(One Arm and Other Stories)』을 출판했다.

1950년 『스톤 부인의 로마의 봄(The Roman Spring of Mrs. Stone)』을 출판했다.

「유리 동물원」이 영화화되었다.

1951년 「장미 문신(The Rose Tattoo)」을 브로드웨이에서 초연했다.

「욕망이라는 이름의 전차」가 영화화되었다.

1953년 「카미노 레알(Camino Real)」을 브로드웨이에서 초연했다.

1955년 「뜨거운 양철 지붕 위의 고양이(Cat on a Hot Tin Roof)」를 브로드웨이에서 초연했다.

세 번째로 뉴욕 극비평가상을 수상했다.

「장미 문신」이 영화화되었다.

1956년 「베이비 돌(Baby Doll)」이 영화화되었다.

첫 시집 『도시의 겨울에(In the Winter of Cities)』을 출판했다.

1957년 「오르페우스 하강하다(Orpheus Descending)」를 브로드웨이에서 초연했다.

정신 분석을 받았다. 부친이 사망했다.

1958년 「정원이 있는 지역(Garden District)」을 오프브로드웨이에서 초연했다.

「뜨거운 양철 지붕 위의 고양이」가 영화화되었다.

1959년 「지난여름 갑자기(Suddenly Last Summer)」가 영화화되었다.

「젊음의 달콤한 새(Sweet Bird of Youth)」를 브로드웨이에서 초연했다.

1960년 「적응 기간(Period of Adjustment)」을 브로드웨이에서 초연했다.

1961년 「이구아나의 밤(The Night of the Iguana)」을 브로드웨이에서 초연했다.

「여름과 연기」가 영화화되었다.

1962년 「젊음의 달콤한 새」와 「적응 기간」이 영화화되었다.

1963년 「우유 기차는 이제 여기 멈추지 않는다(The Milk Train Doesn't Stop Here Anymore)」를 브로드웨이에서 초연했다.

프랭크 멀로가 사망했다.

1964년 「이구아나의 밤」이 영화화되었다.

1966년 「슬랩스틱 비극(Slapstick Tragedy)」를 브로드웨이에서 초연했다.

중편 소설과 단편 소설 모음집 『기사의 원정(The Knightly Quest)』을 출판했다.

1967년 「두 인물 연극(The Two Character Play)」을 런던에서 초연했다.

1968년 「머틀의 일곱 단계 하강(The Seven Descents of Myrtle)」을 브로드웨이에서 초연했다.

「우유 기차는 이제 여기 멈추지 않는다」가 「붐!(Boom!)」이라는 제목으로 영화화되었다.

1969년 「도쿄 호텔의 바에서(In the Bar of a Tokyo Hotel)」를 브로드웨이에서 초연했다.

가톨릭으로 개종했다.
미주리 대학에서 명예박사 학위를 받았다.

1972년 「소형 선박에 대한 경고(Small Craft Warnings)」를 오프브로드웨이에서 초연했다.
하트포드 대학에서 명예박사 학위를 받았다.
미국예술문학아카데미로부터 금메달을 수상했다.

1973년 「비명(Out Cry)」을 브로드웨이에서 초연했다.

1975년 『붉은 악마 배터리 사인(The Red Devil Battery Sign)』 『자서전(Memoirs)』을 출판했다.

1976년 「이게 (여흥이죠)(This is (An Entertainment))」를 샌프란시스코에서 초연했다.
「여름과 연기」를 개작한 「나이팅게일의 엉뚱한 점(Eccentricities of a Nightingale)」을 뉴욕에서 초연했다.
시집 『자웅동체, 내 사랑(Androgyne, Mon Amour)』을 출판했다.

1977년 「비외 카레(Vieux Carrè)」를 브로드웨이에서 초연했다.

1979년 지미 카터 대통령으로부터 케네디 센터 주최 평생 공로상을 받았다.

1980년 마지막 브로드웨이 극 「여름 호텔을 위한 의상(Clothes for a Summer Hotel)」을 공연했다.

1981년 「구름 낀 것과 맑은 것(Something Cloudy, Something Clear)」을 오프브로드웨이에서 공연했다.
어머니가 사망했다.

1983년 뉴욕의 한 호텔 방에서 병마개가 목에 걸려 사망했다.

1984년 「욕망이라는 이름의 전차」가 텔레비전 드라마로 제작되었다.

1985년 『단편집(Collected Stories)』을 출판했다.

1987년 「유리 동물원」이 텔레비전 드라마로 제작되었다.

1989년 「젊음의 달콤한 새」가 텔레비전 드라마로 제작되었다.

1993년 「지난여름 갑자기」가 텔레비전 드라마로 제작되었다.

1995년 「욕망이라는 이름의 전차」가 텔레비전 드라마로 다시 제작되었다.

1996년 누나 로즈 윌리엄스가 사망했다.

2002년 『시 모음집(Collected Poems)』이 출판되었다.

세계문학전집 161

욕망이라는 이름의 전차

1판 1쇄 펴냄 2007년 11월 20일
1판 40쇄 펴냄 2024년 5월 30일

지은이 테네시 윌리엄스
옮긴이 김소임
발행인 박근섭, 박상준
펴낸곳 (주)민음사

출판등록 1966. 5. 19. (제 16-490호)
서울특별시 강남구 도산대로1길 62(신사동) 강남출판문화센터 5층 (우편번호 06027)
대표전화 02-515-2000 팩시밀리 02-515-2007
www.minumsa.com

ISBN 978-89-374-6161-3 04800
ISBN 978-89-374-6000-5 (세트)

민음사 세계문학전집

세계문학전집 목록

1·2 **변신 이야기 오비디우스·이윤기 옮김** 서울대 권장도서 100선

3 **햄릿 셰익스피어·최종철 옮김** 서울대 권장도서 100선 | 미국대학위원회 선정 SAT 추천도서

4 **변신·시골의사 카프카·전영애 옮김** 서울대 권장도서 100선

5 **동물농장 오웰·도정일 옮김** 미국대학위원회 선정 SAT 추천도서 | 《타임》 선정 현대 100대 영문소설

6 **허클베리 핀의 모험 트웨인·김욱동 옮김** 《뉴스위크》 선정 100대 명저

7 **암흑의 핵심 콘래드·이상옥 옮김** 미국대학위원회 선정 SAT 추천도서 | 《뉴스위크》 선정 10대 명저

8 **토니오 크뢰거·트리스탄·베네치아에서의 죽음 토마스 만·안삼환 외 옮김** 노벨 문학상 수상 작가

9 **문학이란 무엇인가 사르트르·정명환 옮김**

10 **한국단편문학선 1 김동인 외·이남호 엮음** 국립중앙도서관 선정 청소년 권장도서

11·12 **인간의 굴레에서 서머싯 몸·송무 옮김**

13 **이반 데니소비치, 수용소의 하루 솔제니친·이영의 옮김** 노벨 문학상 수상 작가

14 **너새니얼 호손 단편선 호손·천승걸 옮김**

15 **나의 미카엘 오즈·최창모 옮김**

16·17 **중국신화전설 위앤커·전인초, 김선자 옮김**

18 **고리오 영감 발자크·박영근 옮김**

19 **파리대왕 골딩·유종호 옮김** 노벨 문학상 수상 작가 | 《타임》 선정 현대 100대 영문소설

20 **한국단편문학선 2 김동리 외·이남호 엮음**

21·22 **파우스트 괴테·정서웅 옮김** 서울대 권장도서 100선 | 미국대학위원회 선정 SAT 추천도서

23·24 **빌헬름 마이스터의 수업시대 괴테·안삼환 옮김**

25 **젊은 베르테르의 슬픔 괴테·박찬기 옮김** 논술 및 수능에 출제된 책(1998~2005)

26 **이피게니에·스텔라 괴테·박찬기 외 옮김**

27 **다섯째 아이 레싱·정덕애 옮김** 노벨 문학상 수상 작가

28 **삶의 한가운데 린저·박찬일 옮김**

29 **농담 쿤데라·방미경 옮김**

30 **야성의 부름 런던·권택영 옮김**

31 **아메리칸 제임스·최경도 옮김**

32·33 **양철북 그라스·장희창 옮김** 노벨 문학상 수상 작가 | 서울대 권장도서 100선

34·35 **백년의 고독 마르케스·조구호 옮김** 노벨 문학상 수상 작가 | 서울대 권장도서 100선

36 **마담 보바리 플로베르·김화영 옮김** 서울대 권장도서 100선

37 **거미여인의 키스 푸익·송병선 옮김**

38 **달과 6펜스 서머싯 몸·송무 옮김**

39 **폴란드의 풍차 지오노·박인철 옮김**

40·41 **독일어 시간 렌츠·정서웅 옮김**

42 **말테의 수기 릴케·문현미 옮김**

43 **고도를 기다리며 베케트·오증자 옮김** 노벨 문학상 수상 작가 | 서울대 권장도서 100선

44 **데미안 헤세·전영애 옮김** 노벨 문학상 수상 작가

45 **젊은 예술가의 초상 조이스·이상옥 옮김** 서울대 권장도서 100선

46 **카탈로니아 찬가 오웰·정영목 옮김**

47 **호밀밭의 파수꾼 샐린저·정영목 옮김** 《타임》 선정 현대 100대 영문소설 | 미국대학위원회 선정 SAT 추천도서 | 《뉴스위크》 선정 100대 명저 | BBC 선정 꼭 읽어야 할 책

48·49 **파르마의 수도원 스탕달·원윤수, 임미경 옮김**

50 **수레바퀴 아래서 헤세·김이섭 옮김** 노벨 문학상 수상 작가 | 국립중앙도서관 선정 청소년 권장도서

51·52 **내 이름은 빨강** 파묵·이난아 옮김 노벨 문학상 수상 작가
53 **오셀로** 셰익스피어·최종철 옮김 서울대 권장도서 100선
54 **조서** 르 클레지오·김윤진 옮김 노벨 문학상 수상 작가
55 **모래의 여자** 아베 코보·김난주 옮김
56·57 **부덴브로크 가의 사람들** 토마스 만·홍성광 옮김 노벨 문학상 수상 작가
58 **싯다르타** 헤세·박병덕 옮김 노벨 문학상 수상 작가
59·60 **아들과 연인** 로렌스·정상준 옮김 《뉴스위크》 선정 100대 명저
61 **설국** 가와바타 야스나리·유숙자 옮김 노벨 문학상 수상 작가 | 서울대 권장도서 100선
62 **벨킨 이야기·스페이드 여왕** 푸슈킨·최선 옮김
63·64 **넙치** 그라스·김재혁 옮김 노벨 문학상 수상 작가
65 **소망 없는 불행** 한트케·윤용호 옮김 노벨 문학상 수상 작가
66 **나르치스와 골드문트** 헤세·임홍배 옮김 노벨 문학상 수상 작가
67 **황야의 이리** 헤세·김누리 옮김 노벨 문학상 수상 작가
68 **페테르부르크 이야기** 고골·조주관 옮김
69 **밤으로의 긴 여로** 오닐·민승남 옮김 노벨 문학상 수상 작가 | 미국대학위원회 선정 SAT 추천도서
70 **체호프 단편선** 체호프·박현섭 옮김
71 **버스 정류장** 가오싱젠·오수경 옮김 노벨 문학상 수상 작가
72 **구운몽** 김만중·송성욱 옮김 서울대 권장도서 100선 | 국립중앙도서관 선정 청소년 권장도서
73 **대머리 여가수** 이오네스코·오세곤 옮김
74 **이솝 우화집** 이솝·유종호 옮김 논술 및 수능에 출제된 책(1998~2005)
75 **위대한 개츠비** 피츠제럴드·김욱동 옮김 《타임》 선정 현대 100대 영문소설
76 **푸른 꽃** 노발리스·김재혁 옮김
77 **1984** 오웰·정회성 옮김 《타임》 선정 현대 100대 영문소설 | 《뉴스위크》 선정 100대 명저
78·79 **영혼의 집** 아옌데·권미선 옮김
80 **첫사랑** 투르게네프·이항재 옮김
81 **내가 죽어 누워 있을 때** 포크너·김명주 옮김 노벨 문학상 수상 작가
82 **런던 스케치** 레싱·서숙 옮김 노벨 문학상 수상 작가
83 **팡세** 파스칼·이환 옮김
84 **질투** 로브그리예·박이문, 박희원 옮김
85·86 **채털리 부인의 연인** 로렌스·이인규 옮김
87 **그 후** 나쓰메 소세키·윤상인 옮김
88 **오만과 편견** 오스틴·윤지관, 전승희 옮김 미국대학위원회 선정 SAT 추천도서
89·90 **부활** 톨스토이·연진희 옮김 논술 및 수능에 출제된 책(1998~2005)
91 **방드르디, 태평양의 끝** 투르니에·김화영 옮김
92 **미겔 스트리트** 나이폴·이상옥 옮김 노벨 문학상 수상 작가
93 **페드로 파라모** 룰포·정창 옮김
94 **차라투스트라는 이렇게 말했다** 니체·장희창 옮김 국립중앙도서관 선정 청소년 권장도서
95·96 **적과 흑** 스탕달·이동렬 옮김 국립중앙도서관 선정 청소년 권장도서
97·98 **콜레라 시대의 사랑** 마르케스·송병선 옮김 노벨 문학상 수상 작가 | BBC 선정 꼭 읽어야 할 책
99 **맥베스** 셰익스피어·최종철 옮김 서울대 권장도서 100선 | 미국대학위원회 선정 SAT 추천도서
100 **춘향전** 작자 미상·송성욱 풀어 옮김 서울대 권장도서 100선
101 **페르디두르케** 곰브로비치·윤진 옮김
102 **포르노그라피아** 곰브로비치·임미경 옮김
103 **인간 실격** 다자이 오사무·김춘미 옮김
104 **네루다의 우편배달부** 스카르메타·우석균 옮김

165 **모렐의 발명** 비오이 카사레스·송병선 옮김
166 **삼국유사** 일연·김원중 옮김 서울대 권장도서 100선
167 **풀잎은 노래한다** 레싱·이태동 옮김 노벨 문학상 수상 작가
168 **파리의 우울** 보들레르·윤영애 옮김
169 **포스트맨은 벨을 두 번 울린다** 케인·이만식 옮김
170 **썩은 잎** 마르케스·송병선 옮김 노벨 문학상 수상 작가
171 **모든 것이 산산이 부서지다** 아체베·조규형 옮김 《타임》 선정 현대 100대 영문소설
172 **한여름 밤의 꿈** 셰익스피어·최종철 옮김 미국대학위원회 선정 SAT 추천도서
173 **로미오와 줄리엣** 셰익스피어·최종철 옮김 미국대학위원회 선정 SAT 추천도서
174·175 **분노의 포도** 스타인벡·김승욱 옮김 노벨 문학상 수상 작가 | 《타임》 선정 현대 100대 영문소설
176·177 **괴테와의 대화** 에커만·장희창 옮김
178 **그물을 헤치고** 머독·유종호 옮김 《타임》 선정 현대 100대 영문소설
179 **브람스를 좋아하세요...** 사강·김남주 옮김
180 **카타리나 블룸의 잃어버린 명예** 하인리히 뵐·김연수 옮김 노벨 문학상 수상 작가
181·182 **에덴의 동쪽** 스타인벡·정회성 옮김 노벨 문학상 수상 작가
183 **순수의 시대** 워튼·송은주 옮김 《뉴스위크》 선정 100대 명저 | 퓰리처상 수상작
184 **도둑 일기** 주네·박형섭 옮김
185 **나자** 브르통·오생근 옮김
186·187 **캐치-22** 헬러·안정효 옮김 《타임》 선정 현대 100대 영문소설
188 **숄로호프 단편선** 숄로호프·이항재 옮김 노벨 문학상 수상 작가
189 **말** 사르트르·정명환 옮김
190·191 **보이지 않는 인간** 엘리슨·조영환 옮김 《타임》 선정 현대 100대 영문소설
192 **왑샷 가문 연대기** 치버·김승욱 옮김 퓰리처상 수상 작가
193 **왑샷 가문 몰락기** 치버·김승욱 옮김 퓰리처상 수상 작가
194 **필립과 다른 사람들** 노터봄·지명숙 옮김
195·196 **하드리아누스 황제의 회상록** 유르스나르·곽광수 옮김
197·198 **소피의 선택** 스타이런·한정아 옮김 퓰리처상 수상 작가
199 **피츠제럴드 단편선 2** 피츠제럴드·한은경 옮김
200 **홍길동전** 허균·김탁환 옮김
201 **요술 부지깽이** 쿠버·양윤희 옮김
202 **북호텔** 다비·원윤수 옮김
203 **톰 소여의 모험** 트웨인·김욱동 옮김
204 **금오신화** 김시습·이지하 옮김
205·206 **테스** 하디·정종화 옮김 미국대학위원회 선정 SAT 추천도서 | BBC 선정 꼭 읽어야 할 책
207 **브루스터플레이스의 여자들** 네일러·이소영 옮김
208 **더 이상 평안은 없다** 아체베·이소영 옮김
209 **그레인지 코플랜드의 세 번째 인생** 워커·김시현 옮김 퓰리처상 수상 작가
210 **어느 시골 신부의 일기** 베르나노스·정영란 옮김
211 **타라스 불바** 고골·조주관 옮김
212·213 **위대한 유산** 디킨스·이인규 옮김 서울대 권장도서 100선 | BBC 선정 꼭 읽어야 할 책
214 **면도날** 서머싯 몸·안진환 옮김
215·216 **성채** 크로닌·이은정 옮김
217 **오이디푸스 왕** 소포클레스·강대진 옮김 서울대 권장도서 100선
218 **세일즈맨의 죽음** 밀러·강유나 옮김
219·220·221 **안나 카레니나** 톨스토이·연진희 옮김 서울대 권장도서 100선

222 오스카 와일드 작품선 와일드 · 정영목 옮김
223 벨아미 모파상 · 송덕호 옮김
224 파스쿠알 두아르테 가족 호세 셀라 · 정동섭 옮김 노벨 문학상 수상 작가
225 시칠리아에서의 대화 비토리니 · 김운찬 옮김
226·227 길 위에서 케루악 · 이만식 옮김 《타임》 선정 현대 100대 영문소설 | 《뉴스위크》 선정 100대 명저
228 우리 시대의 영웅 레르몬토프 · 오정미 옮김
229 아우라 푸엔테스 · 송상기 옮김
230 클링조어의 마지막 여름 헤세 · 황승환 옮김 노벨 문학상 수상 작가
231 리스본의 겨울 무뇨스 몰리나 · 나송주 옮김
232 뻐꾸기 둥지 위로 날아간 새 키지 · 정회성 옮김 《타임》 선정 현대 100대 영문소설
233 페널티킥 앞에 선 골키퍼의 불안 한트케 · 윤용호 옮김 노벨 문학상 수상 작가
234 참을 수 없는 존재의 가벼움 쿤데라 · 이재룡 옮김
235·236 바다여, 바다여 머독 · 최옥영 옮김
237 한 줌의 먼지 에벌린 워 · 안진환 옮김 《타임》 선정 현대 100대 영문소설
238 뜨거운 양철 지붕 위의 고양이 · 유리 동물원 윌리엄스 · 김소임 옮김 퓰리처상 수상작
239 지하로부터의 수기 도스토옙스키 · 김연경 옮김
240 키메라 바스 · 이운경 옮김
241 반쪼가리 자작 칼비노 · 이현경 옮김
242 벌집 호세 셀라 · 남진희 옮김 노벨 문학상 수상 작가
243 불멸 쿤데라 · 김병욱 옮김
244·245 파우스트 박사 토마스 만 · 임홍배, 박병덕 옮김 노벨 문학상 수상 작가
246 사랑할 때와 죽을 때 레마르크 · 장희창 옮김
247 누가 버지니아 울프를 두려워하랴? 올비 · 강유나 옮김
248 인형의 집 입센 · 안미란 옮김
249 위폐범들 지드 · 원윤수 옮김 노벨 문학상 수상 작가
250 무정 이광수 · 정영훈 책임 편집 서울대 권장도서 100선
251·252 의지와 운명 푸엔테스 · 김현철 옮김
253 폭력적인 삶 파솔리니 · 이승수 옮김
254 거장과 마르가리타 불가코프 · 정보라 옮김
255·256 경이로운 도시 멘도사 · 김현철 옮김
257 야콥을 둘러싼 추측들 욘존 · 손대영 옮김
258 왕자와 거지 트웨인 · 김욱동 옮김
259 존재하지 않는 기사 칼비노 · 이현경 옮김
260·261 눈먼 암살자 애트우드 · 차은정 옮김 《타임》 선정 현대 100대 영문소설
262 베니스의 상인 셰익스피어 · 최종철 옮김
263 말리나 바흐만 · 남정애 옮김
264 사볼타 사건의 진실 멘도사 · 권미선 옮김
265 뒤렌마트 희곡선 뒤렌마트 · 김혜숙 옮김
266 이방인 카뮈 · 김화영 옮김 노벨 문학상 수상 작가 | 미국대학위원회 선정 SAT 추천도서
267 페스트 카뮈 · 김화영 옮김 노벨 문학상 수상 작가 | 국립중앙도서관 선정 청소년 권장도서
268 검은 튤립 뒤마 · 송진석 옮김
269·270 베를린 알렉산더 광장 되블린 · 김재혁 옮김
271 하얀 성 파묵 · 이난아 옮김 노벨 문학상 수상 작가
272 푸슈킨 선집 푸슈킨 · 최선 옮김
273·274 유리알 유희 헤세 · 이영임 옮김 노벨 문학상 수상 작가

275 픽션들 보르헤스 · 송병선 옮김 서울대 권장도서 100선
276 신의 화살 아체베 · 이소영 옮김
277 빌헬름 텔 · 간계와 사랑 실러 · 홍성광 옮김
278 노인과 바다 헤밍웨이 · 김욱동 옮김 노벨 문학상 수상 작가 | 퓰리처상 수상작
279 무기여 잘 있어라 헤밍웨이 · 김욱동 옮김 미국대학위원회 선정 SAT 추천도서
280 태양은 다시 떠오른다 헤밍웨이 · 김욱동 옮김 《타임》 선정 현대 100대 영문 소설
281 알레프 보르헤스 · 송병선 옮김
282 일곱 박공의 집 호손 · 정소영 옮김
283 에마 오스틴 · 윤지관, 김영희 옮김
284·285 죄와 벌 도스토옙스키 · 김연경 옮김 미국대학위원회 선정 SAT 추천도서
286 시련 밀러 · 최영 옮김
287 모두가 나의 아들 밀러 · 최영 옮김
288·289 누구를 위하여 종은 울리나 헤밍웨이 · 김욱동 옮김 노벨 문학상 수상 작가
290 구르브 연락 없다 멘도사 · 정창 옮김
291·292·293 데카메론 보카치오 · 박상진 옮김
294 나누어진 하늘 볼프 · 전영애 옮김
295·296 제브데트 씨와 아들들 파묵 · 이난아 옮김 노벨 문학상 수상 작가
297·298 여인의 초상 제임스 · 최경도 옮김 미국대학위원회 선정 SAT 추천도서
299 압살롬, 압살롬! 포크너 · 이태동 옮김 노벨 문학상 수상 작가
300 이상 소설 전집 이상 · 권영민 책임 편집
301·302·303·304·305 레 미제라블 위고 · 정기수 옮김
306 관객모독 한트케 · 윤용호 옮김 노벨 문학상 수상 작가
307 더블린 사람들 조이스 · 이종일 옮김
308 에드거 앨런 포 단편선 앨런 포 · 전승희 옮김 미국대학위원회 선정 SAT 추천도서
309 보이체크 · 당통의 죽음 뷔히너 · 홍성광 옮김
310 노르웨이의 숲 무라카미 하루키 · 양억관 옮김
311 운명론자 자크와 그의 주인 디드로 · 김희영 옮김
312·313 헤밍웨이 단편선 헤밍웨이 · 김욱동 옮김 노벨 문학상 수상 작가
314 피라미드 골딩 · 안지현 옮김 노벨 문학상 수상 작가
315 닫힌 방 · 악마와 선한 신 사르트르 · 지영래 옮김
316 등대로 울프 · 이미애 옮김 《타임》 선정 현대 100대 영문소설 | 《뉴스위크》 선정 100대 명저
317·318 한국 희곡선 송영 외 · 양승국 엮음
319 여자의 일생 모파상 · 이동렬 옮김
320 의식 노터봄 · 김영중 옮김
321 육체의 악마 라디게 · 원윤수 옮김
322·323 감정 교육 플로베르 · 지영화 옮김
324 불타는 평원 룰포 · 정창 옮김
325 위대한 몬느 알랭푸르니에 · 박영근 옮김
326 라쇼몬 아쿠타가와 류노스케 · 서은혜 옮김
327 반바지 당나귀 보스코 · 정영란 옮김
328 정복자들 말로 · 최윤주 옮김
329·330 우리 동네 아이들 마흐푸즈 · 배혜경 옮김 노벨 문학상 수상 작가
331·332 개선문 레마르크 · 장희창 옮김
333 사바나의 개미 언덕 아체베 · 이소영 옮김
334 게걸음으로 그라스 · 장희창 옮김 노벨 문학상 수상 작가

335 코스모스 곰브로비치 · 최성은 옮김
336 좁은 문 · 전원교향곡 · 배덕자 지드 · 동성식 옮김 노벨 문학상 수상 작가
337·338 암 병동 솔제니친 · 이영의 옮김 노벨 문학상 수상 작가
339 피의 꽃잎들 응구기 와 시옹오 · 왕은철 옮김
340 운명 케르테스 · 유진일 옮김 노벨 문학상 수상 작가
341·342 벌거벗은 자와 죽은 자 메일러 · 이운경 옮김 퓰리처상 수상 작가
343 시지프 신화 카뮈 · 김화영 옮김 노벨 문학상 수상 작가
344 뇌우 차오위 · 오수경 옮김
345 모옌 중단편선 모옌 · 심규호, 유소영 옮김 노벨 문학상 수상 작가
346 일야서 한사오궁 · 심규호, 유소영 옮김
347 상속자들 골딩 · 안지현 옮김 노벨 문학상 수상 작가
348 설득 오스틴 · 전승희 옮김
349 히로시마 내 사랑 뒤라스 · 방미경 옮김
350 오 헨리 단편선 오 헨리 · 김희용 옮김
351·352 올리버 트위스트 디킨스 · 이인규 옮김
353·354·355·356 전쟁과 평화 톨스토이 · 연진희 옮김
357 다시 찾은 브라이즈헤드 에벌린 워 · 백지민 옮김
358 아무도 대령에게 편지하지 않다 마르케스 · 송병선 옮김
359 사양 다자이 오사무 · 유숙자 옮김
360 좌절 케르테스 · 한경민 옮김 노벨 문학상 수상 작가
361·362 닥터 지바고 파스테르나크 · 김연경 옮김 노벨 문학상 수상 작가
363 노생거 사원 오스틴 · 윤지관 옮김
364 개구리 모옌 · 심규호, 유소영 옮김 노벨 문학상 수상 작가
365 마왕 투르니에 · 이원복 옮김 공쿠르상 수상 작가
366 맨스필드 파크 오스틴 · 김영희 옮김
367 이선 프롬 이디스 워튼 · 김욱동 옮김 퓰리처상 수상 작가
368 여름 이디스 워튼 · 김욱동 옮김 퓰리처상 수상 작가
369·370·371 나는 고백한다 자우메 카브레 · 권가람 옮김
372·373·374 태엽 감는 새 연대기 무라카미 하루키 · 김난주 옮김
375·376 대사들 제임스 · 정소영 옮김
377 족장의 가을 마르케스 · 송병선 옮김 노벨 문학상 수상 작가
378 핏빛 자오선 매카시 · 김시현 옮김
379 모두 다 예쁜 말들 매카시 · 김시현 옮김
380 국경을 넘어 매카시 · 김시현 옮김
381 평원의 도시들 매카시 · 김시현 옮김
382 만년 다자이 오사무 · 유숙자 옮김
383 반항하는 인간 카뮈 · 김화영 옮김 노벨 문학상 수상 작가
384·385·386 악령 도스토옙스키 · 김연경 옮김
387 태평양을 막는 제방 뒤라스 · 윤진 옮김
388 남아 있는 나날 가즈오 이시구로 · 송은경 옮김
389 앙리 브륄라르의 생애 스탕달 · 원윤수 옮김
390 찻집 라오서 · 오수경 옮김
391 태어나지 않은 아이를 위한 기도 케르테스 · 이상동 옮김 노벨 문학상 수상 작가
392·393 서머싯 몸 단편선 서머싯 몸 · 황소연 옮김
394 케이크와 맥주 서머싯 몸 · 황소연 옮김

395 월든 소로 · 정회성 옮김
396 모래 사나이 E. T. A. 호프만 · 신동화 옮김
397·398 검은 책 오르한 파묵 · 이난아 옮김 노벨 문학상 수상 작가
399 방랑자들 올가 토카르추크 · 최성은 옮김 노벨 문학상 수상 작가
400 시여, 침을 뱉어라 김수영 · 이영준 엮음
401·402 환락의 집 이디스 워튼 · 전승희 옮김
403 달려라 메로스 다자이 오사무 · 유숙자 옮김
404 아버지와 자식 투르게네프 · 연진희 옮김
405 청부 살인자의 성모 바예호 · 송병선 옮김
406 세피아빛 초상 아옌데 · 조영실 옮김
407·408·409·410 사기 열전 사마천 · 김원중 옮김 서울대 권장도서 100선
411 이상 시 전집 이상 · 권영민 책임 편집
412 어둠 속의 사건 발자크 · 이동렬 옮김
413 태평천하 채만식 · 권영민 책임 편집
414·415 노스트로모 콘래드 · 이미애 옮김
416·417 제르미날 졸라 · 강충권 옮김
418 명인 가와바타 야스나리 · 유숙자 옮김 노벨 문학상 수상 작가
419 핀처 마틴 골딩 · 백지민 옮김 노벨 문학상 수상 작가
420 사라진 · 샤베르 대령 발자크 · 선영아 옮김
421 빅 서 케루악 · 김재성 옮김
422 코뿔소 이오네스코 · 박형섭 옮김
423 블랙박스 오즈 · 윤성덕, 김영화 옮김
424·425 고양이 눈 애트우드 · 차은정 옮김
426·427 도둑 신부 애트우드 · 이은선 옮김
428 슈니츨러 작품선 슈니츨러 · 신동화 옮김
429·430 세계의 끝과 하드보일드 원더랜드 무라카미 하루키 · 김난주 옮김
431 멜랑콜리아 I-II 욘 포세 · 손화수 옮김 노벨 문학상 수상 작가
432 도적들 실러 · 홍성광 옮김
433 예브게니 오네긴 · 대위의 딸 푸시킨 · 최선 옮김
434·435 초대받은 여자 보부아르 · 강초롱 옮김
436·437 미들마치 엘리엇 · 이미애 옮김
438 이반 일리치의 죽음 톨스토이 · 김연경 옮김
439·440 캔터베리 이야기 초서 · 이동일, 이동춘 옮김
441·442 아소무아르 졸라 · 윤진 옮김
443 가난한 사람들 도스토옙스키 · 이항재 옮김

세계문학전집은 계속 간행됩니다.